KB273430

장례희망

언제가 다다를 삶의 마지막 장면을
떠올려 본 적이 있나요

장례희망

<너의 작업실> 작업인 18인 지음

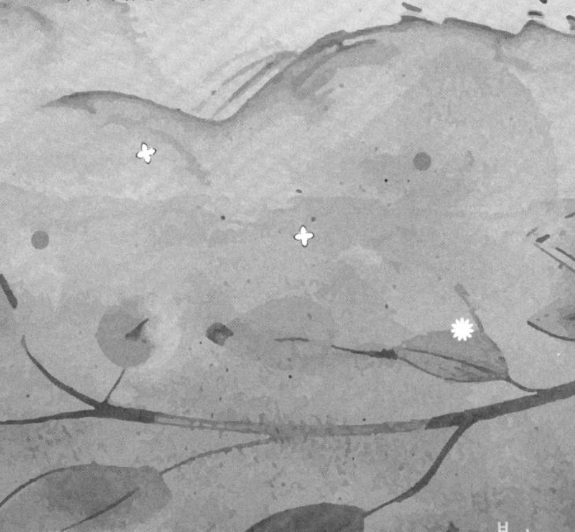

북심

마음이 무겁고 흔들릴 시간이 없다.
남겨진 사랑들이 너무 많이 쌓여 있다.
그걸 다 쓰기에도 시간이 부족하다.

- 김진영, 『아침의 피아노』, 12쪽

우리의 장례희망,
죽음에 대해 생각하기

어느 날, 책방에 남다른 아우라를 풍기며 들어온 손님이 한 분 계셨습니다. 저는 그 손님을 한눈에 알아보았습니다. 제가 평소 가장 아끼는 책 『죽은 자의 집 청소』를 쓰신 김완 작가님이셨지요. 애정하던 책방이 문을 닫았다는 사실을 알고 난 뒤 헛헛한 마음으로 저희 책방에 찾아오신 것입니다. 작가님과 이야기를 주고받다가 조심스레 북토크를 함께해 달라고 부탁드려 보았습니다. 작가님께서는 북토크는 어렵지만 '죽음 워크숍'은 할 수 있다는 답을 주셨습니다. 그렇게 덜컥 '죽음 워크숍'의 문을 열었고, 참가자 모집은 세 시간 만에 마감되었습니다. 제가 생각한 것보다 많은 이들이 '죽음'에 관해 생각하며 살아가고 있다는 것을 느낀 순간이었습니다.

워크숍 당일, 참가자들은 각자의 부고문을 가슴에 품고 왔습니다. 김완 작가님이 특수청소부로 일하며 죽음의 현장에서 마주했던 일들에 대한 이야기, 각자도생의 시대에 서로가 서로를 지켜야 한다는 말을 새겨 들었습니다. 이어진 부고문 낭독. 마냥 어둡고 슬픈 시간일 거라 생각했던 제 예상이 빗나갔습니다. 장난기가 가득한 부고문도 있고 깊고 아름다운 문장으로 마치 한 곡의 노래처럼 들리는 부고문도 있었습니다. 그 안에는 자기 생에서 중요하게 생각하는 것들이 빼곡하게 들어차 있었습니다.

저는 살아가면서 거창한 것에 대해 자주 생각합니다. 지금보다 더 번듯한 서점, 넓고 안락한 집, 좋은 차, 명예로워지는 일 따위들입니다. 그런데 이상하게도 워크숍에 참석했던 분들의 부고문에는 그런 것보다 곁에 있는 작은 것들이 더 먼저였습니다. 내 곁을 지키는 사람들, 단조로운 일상에 위로가 되는 커피와 쿠키 한 조각, 늘 그 자리에 있는 자연 같은 것들이요. 죽음을 상상하는 것만으로도 인생에서 중요한 것이 무엇인지 뚜렷이 보이는 것 같았습니다.

이후 저는 책방이라는 울타리 안에서 함께 글을 써오던 친구들에게 '장례식 초대글'과 '자신의 부고문'을 써보자고

제안했습니다. 자신의 장례식을 미리 그려 보는 일은 지금의 삶에서 무엇이 진짜 중요한지, 우리가 무엇을 놓치고 살아가는지를 밝혀 줄 것이라 믿었습니다. 또 부고문을 써 보는 과정을 통해 각자가 삶에서 끝까지 남기고 싶은 것이 무엇인지 확인하고, 앞으로 걸어가야 할 방향을 찾을 수 있으리라 생각했습니다. 그렇게 모인 글들은 혼자 간직하기엔 아까운 것들이었고, 결국 저는 출판사의 문을 조심스레 두드리게 되었습니다.

우리의 인생에서 가장 중요한 것은 무엇일까요? 그 답은 각자 다르겠지만, 어떤 답을 가진 사람에게든 잊지 말아야 할 것이 있다는 생각이 들었습니다. 먼 미래의 무언가를 쫓느라 주변을 돌아보는 일을 소홀히 하지 않아야 한다는 것, 주어진 하루하루를 소중히 여기며 기쁜 마음으로 살아내야 한다는 것, 그리고 어느날 소중한 이의 부재가 찾아와도 그리움과 슬픔을 안고 뚜벅뚜벅 앞으로 걸어가야 한다는 것. 저는 '죽음 생각하기'를 통해 이 사실을 새삼스럽게 깨달았습니다.

죽음의 현장에서 몸소 땀 흘리며 삶과 이웃의 소중함을 일깨워 준 김완 작가님, 귀한 원고를 선뜻 내어 준 책방 친구들에게 깊은 감사의 마음을 전합니다. 우리들의 초대글

과 부고문이 세상 모든 것이 제자리인 날에도 그렇지 않은
날에도 우리의 일상을 지키는 데 작은 힘이 되기를 바라는
마음을 담아 이 책을 세상에 내놓습니다.

2025년 겨울을 열며
독립서점 <너의 작업실> 책방지기 탱

차례

3부 마무리하는 소설 한 편

일러두기

1. 이 책은 고양시 일산동구에 소재한 독립서점 〈너의 작업실〉에서 2023
   년부터 2년간 진행했던 '매일 글쓰기 온라인 모임'에서 멤버들이 함께
   마음을 나누며 쓴 글들 중 일부를 모은 것입니다.
2. 권두와 권말의 제사는 김진영, 『아침의 피아노』, 한겨레출판, 2018에서
   인용하였습니다.
3. 책 속에 인용된 가사는 한국음악저작권협회(KOMCA) 승인필 완료되
   었습니다.

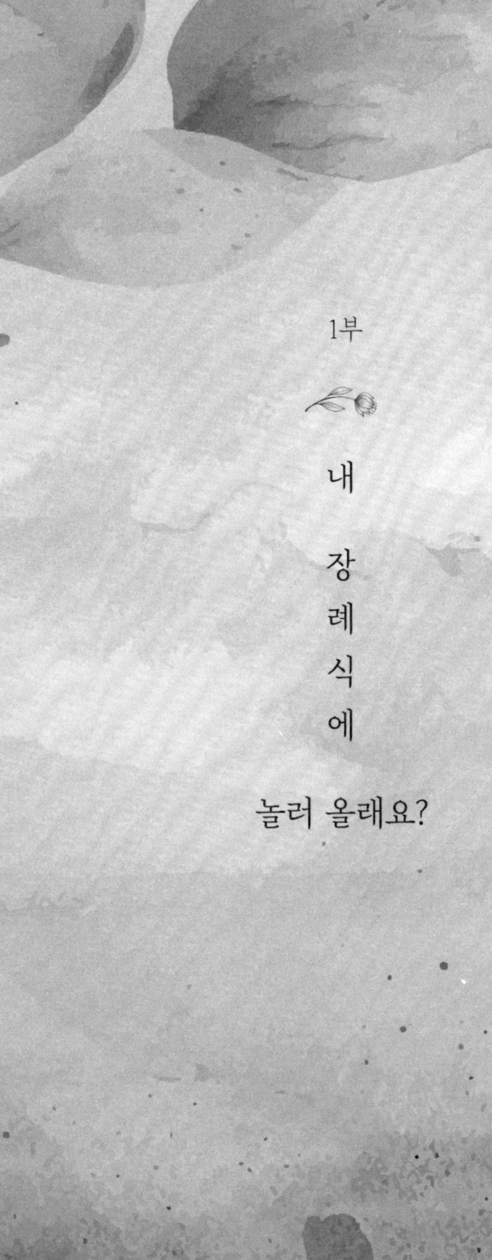

1부

내 장례식에

놀러 올래요?

사과나무 아래 장례식

콩

나의 마지막 계절은 오랜 비가 그치고 가까스로 도래한 맑고 청명한 여름날이었습니다. 명자나무에서 열린 둔탁한 둥근 열매를 한 손 가득 쥐고 숲을 걸었던 여름의 한낮이 마지막이었을까요, 혹은 물풀이 빛을 받아 고아하게 흔들리는 속도에 귀 기울이던 이른 새벽이 마지막이었을까요. 모르겠습니다. 다만 그날 메타세쿼이아의 길고 정갈한 바늘잎이 아래위로 켜켜이 쌓여 흔들리는 빛의 음영에 매료되어 고개를 들고 시야를 흐린 채 바라보았던 것만은 분명합니다. 그 순간 내 발이 딛고 서 있던 곳은 부러진 나뭇가지와 무르익지 않은 연둣빛 복숭아와 모과, 질긴 잎사귀들이 흩어져 있던 질퍽한 진흙길이었던 까닭에 비가 그치고 난 다음 여름날이라 추측할 뿐이지요.

생의 이면에 서서 내가 인간으로 존재했던 순간들을 가만히 들여다보았습니다. 나무를 타는 청설모와 다를 바 없는 작고 연약하고 아름다운 여느 생명 중 하나일 뿐이더군요. 어째서 노루와 아기 참새를 보듯 나를 비롯한 무수한 인간들을 바라보지 못했을까요. 내내 비우고자 했지만 내 속에는 필요하지 않은 말과 상념이 여전히 너무 많았습니다. 진심이 부재한 무료한 움직임 속에선 까닭 없는 무표정이 피어나 생을 침범했지요.

그런 와중에 흙 위를 걷고 바람에 흔들리는 나무 우듬지를 바라보며, 숲의 고적함과 울창함 흐르는 삶이기를 얼마나 바라 왔던가요. 이젠 그런 불가능한 바람 없이도 나무 둥치를 걷는 개미가 되고, 처마 아래로 흐르는 빗물이 되고, 아이의 입김에 날리는 홀씨가 될 수 있을 터이니 온전한 자연으로 호명된 이날이 되려 반갑기만 합니다.

장례식장은 사과나무 아래 마련했습니다. 그늘 아래서 여름을 맛보다 엉덩이에 묻은 흙을 털고 일어나 생의 달큰함을 좇아 걸어 나가세요. 빛의 형태로 음악이 되어 흔들리는 지상의 모든 것들 앞에 다만 도리 없이 서서 말을 잃고 그만 아름다움이 되어 버린 인간이 되기를 바랍니다. 내

가 되지 못한 그것이 어쩌면 장례식을 찾아 준 당신에겐
가능할지도 모르겠습니다.

안녕, 나의 소중한 사람

드므

안녕, 나의 소중한 사람!

내가 이번에 정말로 죽었어. 큰 병 때문에 죽음 언저리에 있었던 때가 생각나네. 패혈성 쇼크가 왔을 때도 그랬어. 눈도 보이고 간호사 말도 들리는데 입술을 움직여서 말을 할 수가 없더라. 간호사가 정신 잃지 말라고 여러 번 이야기했어. 눈동자조차 내가 원하는 대로 움직이지 않더라고. 간호사의 연락을 받고 온 남편의 눈에는 물이 가득 차올랐고 몸도 떨리는 것 같았어. 나는 다 봤어. 그때 느꼈어. 생사의 고비는 종이 한 장처럼 얇은 걸 수 있겠구나.

누군가를 잃는다는 것은 마음에 바람 하나 걸어 두는 일이야. 내 병실 친구 '밤빛'이 입원하고 얼마 되지 않아서

홀연히 하늘로 갔을 때, 그때부터 나는 내가 언제 죽어도 이상하지 않으리라는 것을 실감했어. 그 후로 마음 한구석에는 간간이 바람이 불었어. 종이가 팔랑 넘어갈 법한 작은 바람. 어쩌면 종이가 인생일까? 아무 생각 없이 책장을 넘길 때는 몰라. 종이의 단면이 얼마나 날카로운지. 그저 그런 매일을 살다 보면 잘 몰라. 아픔과 병과 죽음이 얼마나 삶 가까이에 있는지. 나는 잊지 않고 살았어. 산다는 것의 의미를.

2018년을 기점으로, 인생에서 '살아 있다'는 감각을 놓치지 않기 위해 애썼어. 그전에도 후회는 남기지 않고 살려 했지만 그 이후로는 더더욱. 그러니 생명이 사라진 내 사진을 보며 비통해하지 않아도 돼. 난 열심히 살았어. 나를 사랑하는 이들의 마음도 아프게 하지 않으려고 애썼어. 내가 보고 싶다고 많이 울지는 말아. 책장을 넘기다가 손 베이지도 말고.

고운 꽃잎이나 빛깔 좋은 낙엽이 네 어깨나 발치에 떨어진다면 지나치지 말아 줘. 네가 즐겨 보는 책 사이에 끼워 두고 한 계절의 갈피로 써주렴. 내가 바람이 되어 선물한 걸지도 몰라.

그럼 안녕, 나의 소중한 사람!

봄날의 작별 인사

 봄날

'봄날'을 기억하는 여러분께 알려드려요.

작별 인사를 나누러 오시겠어요? 가벼운 발걸음으로 다녀가세요. 아주 작은 이야기라도 좋으니, 생전의 저에 대한 추억이 있으신 분들은 오셔서 함께 나누어 주세요.

'OO에게'로 시작되는 초대장을 만들지는 않을 거예요. 저는 누군가에게 손을 내밀었다가 거절당하는 일에 대한 두려움이 큰 편이랍니다. 다른 이들에게는 대수롭지 않은 초대도, 제게는 큰 용기가 필요한 일이지요. 그래서 따로 누군가를 지칭하지 않고, 불특정 다수인 여러분에게 초대장을 쓰려고 해요. 혹시 여러분들 중에, 저처럼 초대를 거절하지 못해서 내키지 않는 발걸음을 내딛는 이는 없기를 바라니까요.

며칠 동안 비가 내리다가, 오늘은 아주 하늘이 맑고 '쨍' 했어요. 저는 오늘 같은 날씨를 좋아해요. 제가 여러분을 떠나는 날도 딱 이랬으면 좋겠어요. '와 날씨 좋다' 하는 기분으로, 맑고 상쾌한 기분으로 다녀가셨으면 해요. 제 장례식이 여러분 기억에, 우중충하고 흐린 날씨처럼 남기를 바라지 않아요.

혹시 제 장례식에 오시는 길에 화원이 있다면 잠깐 들러 주시겠어요? 작은 화분, 아니 모종 같은 것을 들고 와 주시면 어떨까요? 저는 작고 예쁜 것들을 좋아하니까, 처음에는 꽃 한 송이를 부탁하면 어떨까 생각해 봤어요. 하지만 꽃은 금세 시들어 버릴 것이고, 그러면 누군가는 시드는 꽃을 바라보며 저를 보내게 되겠더라고요. 그건 상상만으로도 별로여서 생각한 것이 화분이에요.

아주 작은 모종 같은, 이제 막 시작하는 아이가 좋겠어요. 그래서 그 아이들이 어딘가에 모여서 자란다면, 그 모습을 상상하는 일만으로 행복하네요. 시간이 흐른 뒤에 그 어딘가에서 연초록 잎들이 돋아나고, 향기로운 꽃과 작은 열매도 맺는다면 얼마나 좋을까요. 아, 그렇다고 오해는 하지 마세요. 저는 식물을 키우는 일에는 전혀 문외한

이고, 그저 바라보는 일만 좋아한답니다.

저에 대한 추억을 나누러 들러 주신 여러분들에게 감사드려요. 화분 이야기는 잊어버리세요.

제가 생전에 사랑한 동네 책방이 있는데요, 그곳에 들러 마음에 와닿는 좋은 글귀 한 자락 찾아 제가 떠나는 길에 읊조려 주세요. 저는 아름다운 문장 앞에 늘 녹아내리는 사람이었답니다. 여러분이 들려주는 시 한 구절, 짧은 글 한 자락을 제 마음속에 간직한 채 떠나고 싶어요. 이곳이 아닌 먼 어딘가에서 두고두고 꺼내 들을 수 있다면 멋질 것 같아요.

아, 아무래도 초대장에 자꾸만 요구 사항이 늘어나는 것 같아서 안 되겠어요. 이만 써야겠어요. 그냥, 여러분을 떠나기 전에 수다 떨고 싶었나 보다, 하고 이해해 주세요. 평생 낯가리고 겁 많았던 제가, 마음 깊은 곳의 제 욕구보다는 늘 주변 사람들의 표정을 살피느라 바빴던 제가, 세상 떠나는 길에 마음껏 이야기 마당 풀어놓고 싶었구나, 하고 읽어 주세요.

저와는 상관없이, 사는 동안 작은 식물 하나 아끼는 마음, 좋아하는 책 한 권 가까이하는 마음 잃지 않기를 바라요. 오래오래 행복하세요.

관계의 수명

 이윤정

이제 나는 당신을 찾지 않아요. 당신도 더 이상 나를 궁금해하지 않아요. 처음에 당신을 만났을 땐 무척 설렜어요. 테이블에 카푸치노를 시켜 놓고 마주 앉아 있었지요. 이야기가 끊길 것 같은 순간 어떤 말을 할까 우리는 조심스러웠고, 당신의 이야기를 더 잘 듣고 집중하기 위해 커피를 마시는 순간 살짝 흔들리는 당신의 눈망울에도 집중했었어요.

우리는 사춘기 여자아이들 같았어요. 예쁜 액세서리를 구경하며 웃었고 감명 깊은 소설을 서로 추천하기도 했어요. 내가 추천해 준 『밝은 밤』을 읽으며 밤새 울었다는 당신은 내 영원한 벗이 될 거라 믿었습니다. 서로에게 날것을 보여 주며 가까워지던 우리의 관계를 의심한 적은 단 한순간도 없었습니다.

그날, 호숫가를 거닐며 당신의 말 한마디 한마디에 예민하게 날을 세우며 대답하는 나를 보며 불안한 예감이 어렴풋이 스쳐 갔어요. 우리의 관계가 늙어 가고 있다는 것을, 가벼운 이야기에 맞장구쳐 주기에도 우리는 서로에게 너무 지쳐 있다는 것을 그날 나는 알았어요.

늙어 버린 몸처럼 아무리 노력해도 잘 안되더군요. 노력해도 잘 붙지 않는 근육처럼 당신에게 관심을 가지려 할수록 더 관심은 사그라져 갔고 당신을 바라보는 내 시선도 탄력 잃은 피부처럼 그저 그렇게 힘을 잃어 갔어요. 알겠어요. 우리의 관계는 이제 죽음에 다다랐다는 걸. 관계란 그저 태어나고, 병들고, 늙고, 죽는 거라 생각한 나에게도 이번 당신과의 이별은 이리도 아픕니다.

이별에 장례식이 있다면 얼마나 좋을까요? 그렇다면 죽어 버린 우리 사이가 다시 살아날까 기대하지 않을 텐데요. 그래서 우리 관계의 장례식에 당신을 초대합니다. 우리 함께 행복했던 날을 추억해요. 늙고 병든 우리 관계를 천천히 애도해요. 우리 그렇게 우리의 관계의 죽음을 받아들여요.

내 생애 마지막 기념일

박신애

사람이 죽으면, 태어난 날은 사라지고 떠난 날이 남는다고 해요. 태어난 날과 떠난 날 중 어떤 날이 더 의미 있을까 생각해 보았는데, 아무리 생각해도 태어난 날이 더 의미 있을 것 같은 거예요. 평생 살아오며 기념했던 그날을 하루아침에 잃는다는 게 너무 슬펐죠. 그래서 생각했어요. 대신에 떠나는 날을 '내 생애 마지막 기념일'로 만들면 어떨까 하고요.

떠나기 전, 사랑했던, 사랑하는, 앞으로도 날 떠올리며 사랑할 사람들과 이별식을 하고 싶어요.

내 생애 마지막 기념일인 만큼 드레스 코드는 꼭 필요해요. 그날은 평소에 입지 않을 것 같은, 그렇지만 입어 보고 싶었던 스타일로 꾸미고 오시라 부탁하고 싶어요. 이벤트에는 당연히 시상식이 있어야겠죠? 파티에서 빠질 수 없는 음악은 친구에게 부탁해 라이브 콘서트로 준비하고, 오신 분들을 위해 맛있는 음식을 가득 차려 낼 거예요. 한식, 양식, 일식, 중식 가릴 것 없이 차려진 음식은 오신 분들의 취향에 딱 맞을 거거든요. 어때요? 생각만 해도 신나는 파티가 펼쳐질 것 같지 않나요?

언젠가 이런 날이 올 거라고 생각했어요. 어쩌면 그래서 더 슬픈가 봐요. 죽음이라는 그 순간을 나 역시도 비껴갈 수 없으니 말이에요. '죽음'이라는 말은 앞으로 영원히 그 사람을 만날 수 없다는 뜻이기도 하잖아요. 보고 싶어도 볼 수 없다는 것, 생각만 해도 콧등이 아려 오네요.

당신이 이 글을 읽고 있다면, 나는 내가 바라던 모습 그대로 마지막을 맞지 못했을지도 모르겠습니다. 생의 마지막에 대해 조용히 적어 내려가던 마음을 직접 전할 수는 없겠지만, 이렇게 글로 남겨 누군가의 눈에 닿을 수 있다면 그것만으로도 충분합니다. 내가 지나온 날들을 가능한

한 후회 없이 살아내고자 했다는 사실을, 이 글을 읽는 당신이 잠시라도 기억해 준다면 좋겠습니다.

장례식장에서 떠난 이를 위해 잠시 인사하고, 떠난 이의 걸음을 기리며 밥 한술 나누는 그 자리에 설 때마다 생각했어요. 죽은 뒤에 우르르 몰려와 아쉬운 옛이야기 한두 푼 나누면 뭐 하나, 살아 있을 때 한 번이라도 더 얼굴 보고 이야기 나누는 게 더 의미 있지 않나, 하는 생각 말이죠.

생전에 함께 인사를 나눌 기회가 있었다면, 그 순간을 내 삶의 마지막 기념일로 삼고 싶었을 거예요. 설령 그런 자리를 갖지 못했더라도 괜찮아요. 마음만은 당신이 기억해 줄 거라 믿습니다. 죽음은 삶의 일부이기에 언제 찾아올지 알 수 없으니까요. 그러니 이제라도, 이렇게 마지막 인사를 전합니다. 부디 이 글이 당신의 하루를 잠시 멈추게 하고, 남은 삶을 조금 더 따뜻하게 바라보게 하는 작은 흔적으로 남기를 바랍니다.

그대가 왔을 때 불편하지 않았으면

 백미애

내가 죽었답니다. 여름이 시작되기 전에 일을 치른 것 같았습니다. 다행입니다. 나는 여름을 싫어했거든요. 내 생애 여름을 한 번 더 지나지 않았어요. 다행입니다.

그러나 좀 많이, 아팠습니다. 찰나의 순간, 나의 죽음을 슬프게 바라볼 사람들의 얼굴이 장맛비에 꽃잎 떨어지듯 내 눈 위로 떨어졌습니다. 먼저 간 이들과 세상에 남은 이들, 쥐고 있는 것과 그렇지 않은 것이 한데 뒤엉켰지요. 한꺼번에 다가온 것들을 감당하지 못해 고통스러웠지만 그 덕에 이제 죽었구나, 잘 살았구나, 했습니다. 그 시간이 없었다면 생에 마지막으로 보고 싶었던 사람들을 떠올릴 수 없었을 테니까요.

내가 장례식이라는 걸 치를 수 있다면, 그리고 당신이 내 장례식에 올 수 있다면 내가 지나간 자리에 한 번쯤 와주세요. 그렇게 와서, 내 남편을 살펴 주세요. 부탁해요. 그가 나를 따라올 때까지만. 그는 늘 나와 무엇인가를 함께 했기 때문에 그에게는 나의 부재가 더 크게 느껴질지도 모르겠어요. 재잘대던 내 목소리, 여름이면 물리쳤던 뜨뜻한 내 손길, 자신을 원망하던 말, 미안하고 싫었던 일들, 사랑한다는 말 같은 거 말이죠. 나는 이제 그의 옆에서 떠들지도 못하고 그를 잡아 줄 수도 만질 수도 없게 되었으니 나 대신 그의 소리와 얼굴을 좀 확인해 주세요.

내 아이들, 아이들은 아빠보다 씩씩할 거에요. 나를 대신할 아빠가 있으니까요. 나는 다만 아이들의 시작이 우리와 함께였음에, 아이들의 끝이 나와 함께하지 않음에 고맙고, 내가 아이들의 아픔까지 안아 줄 수 없어 슬픕니다. 그리고 그저 아이들의 앞날에 있을 빛과 그림자가 사이좋게 짧은 간격으로 왔다 가기를 소망할 뿐입니다.

음악은 이런 걸로, 음식은 저런 걸로, 장소는 거기에, 미리 다 정해 두면 남겨진 사람들에게도 준비하는 사람들에게도 참 편할 텐데. 취향만큼은 성실하지도 꾸준하지도 않아서 '곱'도 '食'도 '곳'도 정해진 것이 없습니다. 다만, 그 모든 것이 당신이 왔을 때 불편하지 않았으면 좋겠어요.

나는 한 걸음 먼저 갈게요.

제 죽음은 호상입니다

혜남세아

이 글이 공개된다면 저는 세상 어디에서도 볼 수 없는 상황입니다. 습작할 때 우연한 기회가 생겨서 작성했고, 이후 수년 동안 여러 번 다듬은 제 부고이기 때문입니다. 투박하지만 망자가 남긴 마지막 글이니 끝까지 잘 읽어 주세요.

글을 쓰는 사람은 비슷한 생각으로 글을 씁니다. 정성을 다한 글을 독자가 잘 읽어 주기만 바라지요. 물론, 쓰는 행위만으로도 치유하거나 자아를 찾는 등 목적을 달성하기도 합니다. 하지만 글은 읽힘으로써 그 가치가 높아집니다. 독자에게 영감을 주거나 감정을 느끼게 하거나 심지어는 행동까지 이끌어 낸다면 더할 나위 없이 행복하겠지요. 안타깝게도 저는 글을 통해서 얻는 행복을 마흔이 넘어서야 깨달았습니다. 뒤늦게 글 세상에 빠져서 흠뻑 취했고, 허우적거리다가 이렇게 망자가 되어서까지 자기 글을 홍보하는 사람이 되었답니다.

제가 정확하게 몇 해를 살았는지는 확실하지 않지만, 마흔다섯 살까지는 세상에 존재했습니다. SNS 흔적과 이 부고가 증명하겠지요. 부고를 쓰고 얼마 지나지 않아 죽음을 맞이했어도 크게 슬퍼하지 않았을 겁니다. 평소에도 언제 죽을지 모른다며 감정과 생각 그리고 경제적인 부분까지도 미래보다는 지금에 충실했거든요. 스스로 '찰나에도 진정성 있게'라는 캐치프레이즈를 강조했습니다. 욜로족이 주로 하는 말인데, 조금은 다르다고 생각했습니다. 아마도 다르게 보이고 싶었나 봅니다.

국가에서 녹을 받으며 스무 해 이상 무탈하게 지낸 경력을 보면 성실한 편이라고 할 수 있겠지요. 적당히 사는 게 진리라고 생각했지만, 가끔 자신의 생각을 거침없이 세상에 표현하기도 했습니다. 가시적으로 드러난 성과는 없지만, 스스로 만족하며 살았습니다. 기강과 위계가 확실한 집단에서 오랜 시간을 보내며 형식과 단조로움에서 벗어나고 싶었습니다. 청개구리 같은 본성을 숨기고 사느라 가끔 일상이 버겁기도 했지요. 자기 생각과 다른 세상에 순응하느라 아프기도 했습니다. 물론 밖으로 표현하진 않았지요.

다행히도 글쓰기 덕분에 주변을 돌아볼 기회가 생겼고, 세상의 어두운 부분보다는 밝은 부분을 보며 살았습니다. 고마운 사람에게 감사 표현도 스스럼없이 하게 되었죠. 경험을 중요하게 생각했기 때문에 직접 겪었던 일을 기록했고, 생각과 감정을 나누면서 세상을 보는 시야를 넓히기도 했습니다. 결국 부고도 지인에게만 알리지 않고 많은 사람이 접하는 공개된 공간에 알릴 용기까지 생겼지요.

제 죽음은 호상입니다. 스스로 만족한 삶을 살아서만은 아닙니다. 제 말버릇 "죽어도 여한이 없을 만큼 행복하게 살았다"는 사실입니다. 바람이 조금 담기긴 했지만, 삶을 후회하지 않기 때문입니다. 더군다나 죽은 다음에도 제 글을 읽고 찾아주는 당신 같은 분이 있기에 제 죽음마저도 값진 결과가 될 것입니다.

그러니까 바쁜 일 잠시 멈추고 망자가 떠나는 마지막 길에 꼭 들르세요. 제철 특산물과 잘 어울리는 맛 좋은 술도 준비했습니다. 내일 발인하기 때문에 고민하면 늦습니다. 조의금도 필요 없습니다. 오고 가는 차비만으로도 충분히 감사합니다. 만약, 제 둘째 딸이 아직 학생이면 용돈을 주세요. 다만, 첫째 딸이 삐질지도 모르니 나눠 주든지 몰래 주든지 알아서 하세요.

한 가지만 부탁드립니다. 당신께서 저를 알든 모르든 환하게 웃는 제 영정 사진을 마주하면 함께 웃어 주면 좋겠습니다. 아마도 저를 아는 분이라면 지금껏 함께 쌓은 추억만으로도 충분하게 슬픔을 감내할 것으로 확신합니다. 모르는 분도 웃음이 나오게끔 제가 웃긴 사진으로 기다릴게요. 만약 때맞춰 오지 못하신다면 파주 '참회와 속죄의 성당'에서 기다릴 테니 천천히 들르세요. 주변에 아울렛과 예술의 마을도 있으니 나들이하듯이 가볍게 오셔도 됩니다.

덕분에 멋진 세상에서 잘 살다 갑니다. 마지막까지 긴 글 읽어 주셔서 진심으로 감사합니다.

◈ 추신 : 아내 이야기가 빠져서 남깁니다. 걱정 안 해도 됩니다. 우리는 처음부터 한날한시에 죽을 운명이었습니다.

떠난 내가 남은 당신에게

꽃마리

여기에 당신은 있지만 나는 없습니다.

나의 초대로 당신은 왔지만 나는 떠났습니다.

이제 당신과 나는 진짜 이별을 했습니다.

당신을 만나 행복했습니다.

그리고 더러 쓸쓸했습니다.

내 마음은 풍선이었습니다.

늘 바람을 채워야 하고, 긁히지 않아야 하고, 바람이 새

지 않아야 합니다.

너무 빵빵하면 언제 터질지 몰라 불안합니다.

작은 상처에도 빵!! 터져 버릴지 모릅니다.

꼭 잡지 않으면 놓칠 수도 있고, 시나브로 바람이 샐지
도 모릅니다.
알맞게 부풀고, 안전한 곳에 있도록 신경 써야 합니다.

하지만 풍선은 자주 터지고 찢어졌으며,
부르르 바람이 빠지고 쭈그러들었습니다.
사는 동안 상처 난 마음을 보듬고 회복하는 데
많은 시간을 썼습니다.
그 시간이 쓰리고 고통스러웠지만,
나를 단단하게 만들고 가볍게 만들었습니다.

나는 변덕쟁이였습니다.
당신을 좋아하다가도
내게 조금 소홀하다고 느껴지면 금세 실망했습니다.
그럴 때 깨닫습니다.
- 내가 당신을 많이 좋아하는구나!
- 나의 기대가 크구나!
이내 실망과 기대의 마음을 접으며 나를 어루만졌습
니다.
그러고는 그런 일이 별거 아니라는 듯 넘겼습니다.

사실 별거 아닌 흔한 일이니까요.
적어도 제게는 자주 일어나니까요.

나는 꾸준한 사람이고 싶었습니다.
당신이 내게 친절하든 소홀하든
내 기분이 좋든 싫든 간에
내 마음만은, 내 영혼만은 지키고 싶었습니다.
그래서 당신과 살짝 거리를 두었습니다.
친절하면 당신이 고마웠고,
섭섭한 마음이 들면
으레 사람이 그렇지, 하며 당신에게서 한 발짝 떨어졌습
니다.

나의 변덕과 꾸준함을 받아 준,
나를 스쳐 간 당신에게 고마움을 전합니다.
당신을 만나 더러 쓸쓸했지만,
많이 행복했습니다.

당신이 올 때 손 흔들며
마중 나갈게요

푸징

나의 곁을 함께해 준 당신, 고마워요.

나의 마지막도 함께해 주기 위해 와줘서 고마워요.

당신 덕분에 나는 꽤 괜찮게 살다 떠나는 사람 같아요.

떠날 때가 되니 뾰족했던 마음들이 저절로 둥그레져요.

온통 고맙고 고마운 일들만 생각이 나요.

살아 있을 때 이런 마음이었다면

우는 날보단 웃는 날이 더 많았겠죠.

당신에겐 온통 고맙고 나에겐 조금 미안한 마음이에요.

지겹도록 찾아온 힘든 감정과

구석에 처박고 싶었던 불행의 무게를 감당하지 못해

마음이 작아져 있으면
당신만의 방법으로 함께해 줬어요.

고마웠어요.
지금도 그날을 떠올리면 울컥할 만큼 따뜻해져요.
우울에 물든 나의 모습도 이해해 줘서 고마워요.
어떤 모습이든 함께하는 마음이란 얼마나 대단한 건지
새삼 알 것 같아요.
나는 이토록 따뜻한 기억을 안고 갈 수 있는데
당신에게 나는 어떤 사람이었을까요.
당신과 웃었던 날들이 주마등처럼 스쳐 지나가요.

별일 아닌 일에도 우리 참 많이도 웃었네요.
당신과의 추억이 떠오를 때마다
마음속에 차곡차곡 온기가 채워져 따뜻해졌어요.
다정하고 다정한 것을 좋아하는 내가
당신 덕분에 마음 가득 온기를 품고 떠날 수 있게 됐
어요.
남겨질 당신이, 슬픔을 견뎌 내야 할 당신이 걱정돼요.
그러니 나다운 엉뚱한 이야기를 하나 할게요.

난 지금 살짝 설레기도 해요.

내가 사랑했던 나의 개동생 복돌이 기억하죠?

분명 벌써부터 나를 마중 나와 있을 거예요.

당신과 나 사이엔 죽음이 잠깐의 헤어짐을 뜻하지만

먼저 떠난 이가 있는 사람에겐 죽음이 만남이 되기도

해요.

이렇게 생각하면 죽음은 잠시 못 보는 것뿐인 거 같아요.

당신이 올 때 손 흔들며 마중 나갈게요.

그때까지 당신의 삶을 잘 살다 우리 또 만나요.

하늘 너머 그곳에서 당신의 평온을 기원하며

나도 잘 지내고 있을게요.

따뜻한 기억을 안고 떠날 수 있게 해주어 고마워요.

슬픔 없는 인사

김수정

화창한 나날이 계속되고 있어요. 언젠가 맞이하게 될 이 순간을 막연하게 상상하곤 했어요. 짙은 초록 잎들 사이로 눈부신 빛이 내리는 날에 맞이하는 순간을요. 이 편지를 받으셨다면, 네 맞습니다. 오늘은 제가 상상했던 바로 그날이에요.

제 좋은 날들을 보낸 저희 집에서 한나절만 인사 시간을 가지려고 해요. 저와 다정한 시간을 나누었던 당신께 차 한 잔 대접하고 싶어요. 사진은 없을 거예요. 제 웃는 소리와 제 우는 얼굴을, 수다스럽고 정신없는 저를 기억하시는 분들이 오실 테니까요.

제가 좋아하는 글로 글씨 몇 장 써 놓았는데 마음에 드시면 좋겠어요.

오시기에 멀리 계신다면 잠깐 기억 속의 제 웃는 모습 한 번 떠올려 주시고 일상을 이어 가시면 좋겠어요. 삶을 지내시다가 누가 많이 울거나 많이 웃거나 하면 저를 한 번 떠올리고 픽 하고 웃어 주시면 더할 나위 없겠지요.

우리의 이야기를 나누시고 제 가족들에게 슬프지 않은 다정한 인사를 건네주시면 좋겠어요. 제 시시콜콜한 유머를 좋아하는 남편에게 저랑 함께 했던 재미있는 이야기를 들려주세요. 저를 많이 닮아 꿋꿋한 척할 딸에게는 따뜻한 차와 달콤한 초콜릿을 권해 주세요. 아들은 제 걱정이 무색하게도 단단히 잘 자라 주어서 당신을 잘 맞이하고 배웅해 드릴 거예요. 따듯한 눈길로 한번 바라봐 주세요.

잠깐만 계셨다가 저녁은 댁에 가셔서 사랑하는 가족들과 함께하셨으면 해요. 사랑한다고 많이 말씀해 주세요. 자주 손을 잡아 주세요. 더 많이 사랑한다 못하고 더 자주 손 잡지 못한 것이 가장 아쉽고 미안해요. 부탁만 드리네요. 너무 많은 부탁 드려 죄송해요.

앞서 다른 세상으로 간 제 친구를 만날 수도 있겠다는 기대를 하게 돼요. 그 친구는 스물일곱의 모습을 하고 있을까요? 저를 알아보면 좋겠지만 혹시 모르니 친구가 제게 보냈던 편지 몇 장 꼭 품고 가야겠어요. 어쩌면 미리 알고 마중 나와 환하게 웃고 있을지도 몰라요.

그래요, 웃고 있을 거예요. 당신도 웃어 주세요.

저와 함께해 주셔서, 그 자리에 계셔 주셔서, 편지 받아 주셔서, 배웅해 주셔서 고마워요.

저는 편합니다. 걱정 마세요.

죽음도 나다울 수 있다면

솔

제 장례식장에 와주신 당신, 안녕하시지요?

늦었지만, 혹은 다음 생의 인연까지 생각하면 너무 이른 말이지만, "이렇게 와주셔서 고맙습니다"라는 말을 하고 싶어요.

'고맙다' '미안하다' '사랑한다'라는 말이 이제는 '고마웠다' '미안했다' '사랑했다'라는 말로 이야기될 수밖에 없는 이곳에 잘 오셨습니다.

너무 빠르지도 너무 느리지도 않고, 너무 신나지도 너무 슬프지도 않은 적당한 노래를 틀어 달라고 부탁해 두었습니다. 운이 좋아 우연히 우리 함께 들었던 노래가 나온다면 저를 더 기억해 주시겠지요. 혹시 제 플레이리스트가 당신의 취향에 맞지 않거나 장례식이라는 곳과 어울리지 않게 너무 신나는 노래가 나온다면 '아, 솔이답다' 하고 생각해 주실 수 있나요? 혹은 너무 슬픈 노래가 나와서 감정이 격해지는 순간이 오면 '이마저도 솔이답네'라고 생각해 주실 수 있는지요. 밝고도 어둡고, 조용하고도 시끄럽고, 매우 투명하면서도 하염없이 흐렸던 저를 떠올리면서요.

영양 강조 표시 기준을 보면 식품 몇 g당 일정 기준 이하의 열량이 포함되어 있을 때는 0kcal로 표기할 수 있다고 하더라고요. 분명히 있지만 없는 것, 없음을 나타내기 위해 있는 숫자 0, 존재하지만 존재하지 않는 것. 아마 오늘 이후 제 존재는 그런 것이 되겠지요. 저는 어디엔가 있겠지만 어느 곳에도 없는 0이 되겠지요. 그 이후 혹여나 시공간이 허락된다면, 크지 않은 시공간을 차지하며 이번 생에 잠깐이나마 머무르고 싶어요. 봄에는 미처 가시지 않은 추운 바람으로, 여름엔 아직 피지 않은 능소화 꽃송이로, 가을엔 이미 떨어진 낙엽으로, 겨울엔 눈이 되어 내리기 전 구름으로. 그러니 마지막 바람이 있다면 저의 '0 됨'이, 이곳에 와주신 당신께 너무 큰 무거움으로 다가가지 않았으면 좋겠습니다.

이번 생에 우리의 인사가 어느 곳에선가 닿아 서로 인연을 쌓았겠지요. 또 마주합시다.

안녕히 가세요. 늘 건강하고 행복하시길 바랍니다.

마지막 일기

동틀

오늘은 내 장례식 날이다. 내 소원대로 피아졸라의 '사계'가 은은하게 흐른다. 그리고 늘 먹는 육개장이 아닌, 한식과 양식 도시락이 제공된다. 피크닉 바구니에는 야외 바닥에 깔 천과 와인도 제공된다. 병원이나 전문 장례식장이 아니라 장례 전문 펜션에서, 가족, 가까운 친척, 절친들만 불러 소규모로 진행되는 장례식이다.

나는 냉방이 되는 별채에 누워 있고 안채 거실에는 가족들이 모여 있다. 야외에는 나를 보러 온 사람들이 차를 마시거나 밥을 먹는다. 여행 온 거 같은 착각을 일으키는 곳, 누워 있지만 않다면 뛰쳐나가 즐기고 싶을 지경이다. 영혼이 된 나는 음악이나 듣고 사람들 얼굴이나 구경 중이다.

봄-여름-가을-겨울로 이어지며 흐르는 곡을 듣고 있다 보니, 굳어 있던 심장이 세차게 뛸 것만 같다. 슬프도록 아름답게 들리는 바이올린 선율이 한 올 한 올 음을 끌 때마다 혈류를 자극한다. 내 육신은 죽었지만 또 완전히 소멸된 건 아니다. 사흘 동안 자식들과 지인들의 모습을 영혼의 눈동자에 마음껏 새길 것이다.

나는 살아 있을 때 늘 죽음 저 너머의 생을 생각했다. 할아버지가 돌아가셨을 때에도 펑펑 울거나 곡을 하지 않았다. 스무살의 난 죽음보다 무서운 건 망각이라 생각했다. 그의 유전자가 선명하게 뼛속 깊이 스며들어 있고 그의 습관과 미소 괴로움 고통을 지켜봤기에 언제고 그리울 때, 힘들 때, 외로울 때 내 안의 그를 꺼내 얘기하곤 했던 거 같다. 어떻게 그 모든 걸 난 알았던 걸까! 가족들이 곡을 시작할 때 옆에 있던 두 살 위 친언니가 나에게 속삭였었다. "너는 할아버지가 키웠는데 슬프지도 않나 보다!" 비꼬듯 읊조리던 그녀의 말은 20년이 흐른 지금까지도 내 귓가에 머무른다. 그 당시에는 서서 조용히 눈물만 흘렸었다. 나만의 애도의 방식이 그녀에게는 부족해 보이고 덜 슬퍼 보였겠지! 슬픔을 일시불로 긁을 수 있을까?

부모님과 친척들의 통곡을 지켜보며 이미 알았다. 할아

버지의 죽음을 난 오랫동안 평생 할부로 나눠 슬퍼할 것임을. 이 일기를 쓰는 순간에도 죽음이 두렵고 무섭기보다, 나의 소중한 사람들이 일상으로 돌아가 나에 대한 죄책감과 미안함을 가지고 살까 봐 더 두렵다. 많은 걸 느끼고 배우고 사랑하고 사랑받는 법을 배웠으니깐 맘껏 지구에서 즐기다 간 거라고 외쳐 보지만, 먼지보다 가벼운 영혼은 바람처럼 구름처럼 물처럼 정처 없이 흐를 뿐이다. 대지 위에서의 삶을 누린 뒤 가벼워진 나는 하늘 위를 훨훨 날아다니겠지! 내가 떠나온 별로 다시 돌아갈 것이다.

대여섯 살 때쯤, 꿈인지 현실인지 모르겠지만 선명하게 새겨진 이미지가 있다. 나는 외계 물체와 마주친 적이 있다. 머리 위로 은하철도999 같은 미니어처 기차가 손에 닿을 듯 말 듯 고요히 지나가고 있었다. 폴짝폴짝 뛰어 잡으려 했지만 닿을 듯 말 듯 하다 어느 순간 번쩍이며 사라졌다. 이제는 잡을 수 있고 닿을 수 있으리라, 그 열차의 정체는 내가 있던 별에서 온 것이고 나를 지구에 떨궈 놓은 것이리라. 이제 시간이 됐다. 저 멀리 경적소리가 점점 크게 들린다. 통곡하는 가족들과 분주히 움직이는 사람들이 낯설게 보이다가 화면이 꺼지듯 모든 게 멈춘다. 눈을 떠보니 기차 안이다. 마음이 평온해지고 보드라워진다. 육신을 버리니 모든 욕망과 집착이 별가루처럼 떨어진다.

안녕 나의 지구야!

안녕 나의 사람들아!

안녕 나야!

모

두

안

녕

의아하지 않은 손님맞이

 백지

이모가 돌아가셨다. 입관을 위해 가족들이 관 주변에 둘러섰을 때, 이모의 얼굴은 고통도 즐거움도, 후회나 시원스러움도 없이 창백했다. 이모는 아무렇지도 않은 표정을 하고 폭이 아주 좁은 관 안에 누워 있었다. "고인에게 뿌려드리세요." 입관 의식을 돕는 이가 꽃잎이 가득 담긴 바구니를 건넸다. 이모부와 사촌언니, 사촌오빠, 그 남편과 아내, 조카가 순서대로 꽃잎을 한두 주먹씩 받아 들었다. 식구들은 닿을지 닿지 않을지 모르는 마지막 인사를 하며 순서대로 이모의 몸 위에 꽃잎을 훌훌 뿌렸다. 쉰이 갓 넘은 사촌오빠의 커다란 등이 작게 흔들렸다. "엄마…" 오빠는 말을 잇지 못했고 꽃잎을 뿌리지도 못했다. 그저 두툼

한 큰 손으로 세상에서 가장 깨지기 쉬운 것을 만지는 양 조심스럽게 꽃잎을 한 장, 한 장 간신히 내려놓았을 뿐. 비좁은 관 안에 꼭 맞게 누운 이모의 어깨에, 손에, 배에, 가슴에 꽃잎이 한 장씩 내려앉았다. 오른손에 쥔 꽃잎이 다 없어지자 이번에는 왼손 차례였다. 왼손에도 꽃잎은 한가득이었고 입관 의식은 조금 길어지고 있었다.

장례식장에는 손님이 끝없이 밀려들었다. 어떤 사람은 신발을 벗자마자 이모를 부르며 바닥에 쓰러져 울었고, 어떤 사람은 조용히 인사하고 식사 장소로 걸음을 옮겼다. 여기 있는 사람 중 몇 명이 이모와 얘기를 나눠 봤을까? 함께 밥을 먹고 여행을 갔던 사람은 누구일까? 싸우거나 사이가 틀어진 후에 온 사람도 있을까? 손님들의 신발이 뒤섞이지 않도록 정리하며 신발의 주인들에 대해 생각했다.

내가 죽으면 누가 올까. 내게는 늘 내 모습이 흐릿해서, 길을 걷다 누군가 나를 알아보고 인사를 건네면 흠칫 놀라곤 한다. 어떻게 나를 알아봤지? 절대 알아볼 리가 없다고 생각했는데. 죽은 나를 보기 위해 장례식장에 올 사람들은 누구일까. 어쩌면 죽은 나는 한구석에서 내 장례식에 오는 사람들을 보며 의아해하고 있을지도 모른다. 상주용 의자 옆에 쪼그리고 앉아서 '저 사람이 왜 왔지?' '어떻게 날 기억하지?' 아리송해하며.

엄마와 동생과 나는 장례식장의 달큰한 반찬들을 젓가락으로 뒤적이며 이모와 함께 갔던 여행에 대해 얘기했다. 우리 이모, 다니는 거 참 좋아하셨는데. 무릎 아프다면서도 그 꼭대기까지 올라갔잖아! 우리가 함께 먹은 밥을, 살까 말까 망설였던 물건들을, 크게 웃었던 순간과 같이 마룻바닥에 앉아 김장을 했던 일을 떠올렸다. 이모가 살아 있을 땐 세세히 떠오르지 않았던 일까지도 굴비 두릅처럼 줄줄이 딸려 올라왔다.

기억해 주는 사람이 있으면 좋을 것이다. 내가 몰랐던 나의 말, 표정, 사소한 습관들을 기억하고 저희들끼리 맞아, 백지가 그랬지, 하고 끄덕이며 키득거릴 사람들이 와주면 좋겠다. 그럼 나도 그다지 의아해하지 않으려나. 그리고 천천히 인사해 주면 좋겠다. 꽃잎을 한 장씩 가만히 내려놓으면서. 마음껏 슬퍼하면서. 장례가 끝난 뒤엔 훌훌 떠나면서.

나의 장례식

나다정

일곱 살의 내가 깜깜한 시골길을 혼자 걷고 있다. 외가에서 놀다 잠이 든 나는 옆에 엄마가 없다는 사실을 알아차리자마자 작은 몸을 일으킨다. 같은 마을, 멀지 않은 곳에 있는 친할머니 집으로 엄마를 찾아 나선다. 모두가 잠든 새벽, 물소리만이 깨어 있는 밤, 꿈과 현실이 중첩되고 그 경계는 모호하다. 단 한 가지 분명한 사실은 두렵지 않다는 것.

나는 죽음이 무엇인지 궁금해질 때마다 혼자 엄마를 찾아갔던 검고 구불구불한 길을 떠올린다. 물소리를 거슬러 올라가는, 혼자일 수밖에 없는. 길모퉁이를 돌면 엄마를 만날 수 있으려나. 엄마에게서 난 아이는 다시 엄마에게로 돌아간다.

　나는 이제 초여름의 산 정상에 서 있다. 땀으로 끈적이는 이마에 적당히 선선한 바람이 분다. 할 수 있는 한 멀리까지 시선을 두었다가 가까이 가까이, 스무 살의 내가 산 아래를 내려다본다. 연한 초록의 나무들이 빼곡하다. 빈틈없이. 가만히. 친구가 물을 건네며 말을 걸기 전까지의 아주 짧은 시간, 나는 나무가 있는 곳으로 가고 싶다고 생각한다. 무뎌진 감각. 나무에게로 가닿는 느낌.

　어른이 된 아이는 죽음이라는 글자를 볼 때마다 자신을 산 정상에 세웠다. 죽음에 이르면 편안할지도 모르겠다는 기대로. 재깍재깍 시간이 흐른다. 시계도 없는 방에서 나는 웅크리고 있다. 사방이 단단한 벽으로 둘러싸인, 어디에도 빛이 없는, 어리석은, 어쩔 수 없었던 시간. 너무 두려웠다. 살면서 처음으로 죽음이 무서워서, 이번엔 정말 죽을 수도 있을 것 같아서. 그래서 살아야 했다. 죽음 대신 삶을.

　쉽게 잠들지 못하는 밤이 지나가면 다시 새로운 오늘이 된다. 그렇게 내가 살아가는 하루하루가 매일 열리는 나의 장례식이라고 생각해 보면 어떨까. 그곳에 와준 모든 사람들을 정성껏 대접하고 싶다. 그리고 나에게 진짜 죽음이 찾아오는 날, 작은 아이가 되어 검은 시골길을 걷다가 연

초록의 나무 가까이로 몸을 눕혀야지. 나의 장례식을 함께 해 준 좋은 분들께 고마움을 전하며 비로소 삶 대신 죽음을 살 것이다. 아무 두려움 없이. 가장 편안하게.

죽은 뒤 가장 먼저 마주한 얼굴

차영경

하얀 찻잔에 복숭앗빛 차가 채워진다. 환한 햇살이 통창으로 들어온다. 안과 밖의 경계가 느껴지지 않는다. 어마어마한 빛이 쏟아지는 가운데 테이블 위의 잔은 채워졌고 반가운 얼굴이 내 앞에 앉는다. 고등학교 시절 4총사 중 하나인 나미, 교통사고로 목을 다쳐 대학 졸업 후 10년도 넘게 침대에 누워 TV로 세상을 보던 그녀가 아무렇지도 않게 걸어와 내 앞에 앉는다.

"우아, 오랜만이지! 잘 지내는 거 다 봤어. 내가 TV로 늘 보고 있었잖아. 하늘에서도 다 보고 있었지! 하하!" 고등학생 때 말투 그대로 웃음을 머금은 소리로 그녀가 말했다.

"야, 넌 늘 모르는 게 없더니 어째 날 딱 찾아왔냐? 대단하다." 내가 대답했다.

"내가 연습해서 손가락 한 개로 키보드 누를 수 있게 됐을 때 너한테 이메일 보냈던 거 기억나? 그때 놀랐었지? 언제나 내 친구인 너, 내가 많이 생각하고 있었어." 그녀가 말했다.

"응. 나 너에게 답장 보내고 나서도 네가 너무 대단한 것 같아서 남편과 너 이야기 많이 했었어. 그러다 어느 날 남편이 너를 생각하면서 노래를 만들었다며 들려줬었는데⋯ 넌 모르지?" 내가 말했다.

"앗! 정말? 내가 네 남편 나오는 TV 다 찾아서 보고 그랬는데, 대체 무슨 노랜데? <널 생각해> 그거냐? 하하, 그렇담 너무 오글거리는데?" 그녀가 웃었다.

"네가 들어 봤을지 모르지만 <자유인>이라는 노래야."

"오오, 내가 너희 남편 곡은 다 들어 보지 않았겠니! 정말 그랬단 말이야? 그 노래가 나를 위해서라니 같이 한번 들어 보자."

날은 저물어 아무도 없고
텅 빈 이곳에 나는 홀로 서
나는 어디에도 갈 곳이 없어

외로운 다리 나는 허수아비

무표정하게 한 곳만 보며

너무 오래돼 무뎌져 버린

작은 지푸라기 심장만으로

지금 간절히 내가 바라는 건

자유인 난 그 누가 뭐래도

자유인 난 모든 걸 건대도

두 팔 벌려 하늘 끝없이 달려서

내가 원하는 그곳에 있는 자유인

무표정하게 하루를 살며

왜 여기 있는지 알 수도 없지만

나의 야위어 가는 용기만으로

지금 간절히 내가 바라는 건

자유인 난 그 누가 뭐래도

자유인 난 모든 걸 건대도

두 팔 벌려 하늘 끝없이 달려서

내가 원하는 그곳에 있는

내가 꿈꾸는 그곳에서 난

자유인 난 그 누가 뭐래도

자유인 난 모든 걸 건대도

두 팔 벌려 하늘 끝없이 달려서

내가 원하는 그곳에 있는

내가 원하는 그곳에서 난

난 자유인

- 원모어찬스, <자유인> 가사 전문

"나미야, 나는 너를 보면서 어떤 것이 진정한 상처이며 죽음인지를 알게 되었어. 너는 사고 이후 몸은 비록 자유롭지 못했지만, 네 고유한 밝은 영혼은 아무도 상처 입히지 못한다는 것을 알게 되었어. 늘 유머러스하던 너는 오히려 나를 더 많이 웃겨 주었었지. 그렇게 강하고도 부드러웠던 너를 생각하며 나는 언제나 지금 이 순간 나도 '자유인'임을 기억하며 살아왔던 것 같아. 고마워. 그리고 지금 나를 제일 먼저 보러 와준 사람이 너라는 것이 너무 기뻐." 내가 말했다.

우리는 웃으며 꼭 껴안았다. 그녀는 고요히 침묵 속의 밝은 빛을 향해 웃으며 사라졌다. 두 팔 벌려 원하는 곳으로 자유인이 되어 날아가듯 사라지는 그녀의 모습 뒤로 사랑하는 가족들이 서 있는 게 보였다. 유난히 나를 예뻐하신 외할머니, 엄마 그리고 남편. 내가 가장 보고 싶어 하던 가족들이 제일 먼저 나를 보러 왔지만 생전에도 친구를 좋아하던 나는 또 친구를 먼저 만나고 있었다. 그래도 나를 언제나 사랑으로 기다려 준 든든한 가족들은 내가 고개를 돌릴 때까지 그 자리에서 따뜻하게 기다려 주고 있었다. 가깝거나 또 먼 여러 친척들도 보였다. 모두들 밝은 빛 가운데 서서 잘 왔다고 반겨 주는 미소를 띠고 있었다. 한 명 한 명 건네고 싶은 말이 많았다. 앞으로도 오랫동안 밀린 이야기들을 나누느라 바쁘겠구나 싶었다.

밝은 빛 쪽의 창밖만 올려다보다 순간 얼굴을 돌려 아래를 내려다보았다. 거기에는 눈을 감고 누운 나를 껴안고 있는 아이들이 보였다. 누구보다 사랑스럽고 든든하게 자란 두 아이가 어른이 되어 나이 든 나를 어루만지고 온몸을 쓰다듬고 있었다. 내 몸이 점점 식는 동안에도 둘은 전혀 두려워하는 기색이 없었다. 어린 시절 머리부터 발끝까지 마사지해 주던 엄마의 손길 그대로를 기억하는 아이들의 어루만짐은 단순한 주무름이 아니었다. 시들어 가는 내 육체의 세포 하나하나를 쓰다듬는 마지막 사랑의 인사였다. 내 옆에서 속삭이며 다정하게 만지는 손길이 계속되었지만 나의 온기는 점점 사라지는 것이 느껴졌다. 한참 동안 내 곁에서 대화를 나누고 있는 고마운 딸과 아들. 정말 감사하게 자라 주었구나. 누워 있는 나는 부드러운 미소를 띠고 있는 행복한 얼굴이었다.

　나는 지금 내 딸과 아들을 만질 수 없지만 그들을 계속 지켜볼 수 있다. 사람은 그 어느 순간도 결코 혼자가 된 적은 없다는 말이 이제야 무엇인지 알겠다. 늘 따뜻한 시선으로 내 엄마도 내 곁에 오래 머물러 있었을 것이다. 밑줄과 메모가 남겨진 책들, 내 손으로 만드는 기쁨을 느끼게 해주는 작은 물건들을 골라 일부러 책상 서랍 속에 조금 남겨 두었다. 내 딸이 책이나 필기구, 스탬프 등 내 흔적이 가득한 책상에 앉을 때마다 엄마를 느끼게 될 것이다. 가상현실 속에서 무엇이든 만들어 낼 수 있지만, 한 사람이 오랜 시간 아끼던 물건에 남겨진 특별한 기운은 만들어 낼 수 없다. 나는 삶 속에서 기억하고 싶은 소중한 것을 오래도록 잊지 않도록 내 아이들에게 엄마의 이야기들을 남겨 두고 떠난다. 삶이 바빠 가족을 추억할 거리 한 가지도 바라보지 못하는 삶은 살지 않도록 당부하며, 아이들의 아이들에게도 전해질 엄마의 물건을 몇 가지 잘 골라 둘 것이다. 어머니의 어머니들로부터 전해 내려온 삶의 소소한 잡동사니는 가족의 온기와 사랑을 다시 추억할 수 있게 해줄 것이다. 그리고 그 책상에서 썼던 많은 글 속에서 영원한 시간을 얻은 나는 글로 이어진 만남은 더 특별하다는 것을 알게 되었다. 나는 글 속에서 계속 살아날 수 있었다. 육체가 없어도 계속 살 수 있는 방법을 알아낸 것이었다. 글을 써둔 일은 내 생에 가장 잘한 일이었다.

문득 내가 장례식 초대 명단을 준비해 두지 않았다는 사실을 깨달았다. 아차! 하고 정신이 번쩍 들었다. 다시 터널을 통과해 나의 몸으로 돌아갔다. 그렇게 나의 장례식은 조금 더 미루어지고 말았다. 아이들은 깜짝 놀랐다. 그리고 언제나 엄마는 글을 너무 길게 쓴다고, 늘 미련이 많다고, 할 말이 너무 많은데 결국 하고 싶은 말은 못 했다는 말을 하려 다시 왔느냐고 웃으며 나를 꼭 안아 주었다. 파티 계획을 짜는 것을 가장 좋아하는 내가 장례식에 초대할 사람들을 미리 정해 두지 않았다니 이런 대실수가 없다. 내 인생 가장 멋진 마지막 파티에 내가 해두지 않으면 안 될 일이었다. 이번은 취소하고 다음에 장례식 플랜을 새로 짜고 제대로 다시 하겠다고 알렸다. 내 곁에 가까이에 있는 글 친구들은 여전히 왕성한 활동을 하는 작가들이다. 한 명씩 이름을 불러본다. ① 탱님 ② 꽃마리 ③ 나다정… 글 친구들만 모여도 장례식이 꽤 북적이겠는걸? 오호, 나이가 들어도, 삶의 마지막 순간이라도 내 이름으

로 부르는 초대는 나를 설레게 한다. 나의 가장 멋진 파티
는 아직 시작도 하지 않았다.

이 글은 갑작스러운 교통사고로 오랜 기간 병상에서 누
워 지냈던 친구 나미의 기일 즈음에 썼습니다. 그녀를 떠올
리다 문득 제가 받았던 편지가 떠올랐습니다. 팔다리를 제
대로 쓸 수 없었던 그녀가 재활 운동을 열심히 하며 키보
드 자판 하나씩 천천히 눌러 가며 힘들게 보낸 이메일이었
습니다. 그런데 소중한 그 편지를 제대로 저장을 해두지
않았는지 지워져 찾을 수가 없었습니다. 너무나 안타까워
사이버 공간 속을 헤매다 지쳐 한참을 울고 말았어요.

기억하고 싶은 과거의 흔적들을 잃어버린 적이 많아요.
그것이 소중한 추억이었다는 것을 깨달을 때마다 가슴에
큰 구멍이 뚫린 것 같은 기분이 들었습니다. 기억 속에만
보관해도 충분한 사람도 있지만 이 글을 쓰는 동안 저는
더욱 그 기억에 집착하는 저를 발견했습니다. 결국 떠나기
직전의 저를 다시 살려 내고야 말았네요. 미련이 많은 사
람, 사람을 좋아하고 함께하는 것을 좋아하는 저 같은 사

람의 장례식은 아마 미루고 미루다 가장 적절한 때를 찾아 파티처럼 열게 될지도 모르겠습니다. 그때 '두 팔 벌려 하늘 끝없이 달린' 저는 장례식장에서 누구보다도 '자유인'으로 모두를 만나게 될 것 같아요.

당신을 꼭 초대하고 싶어요. 내 장례식에 놀러 올래요?

나의 죽음이 당신에게 슬픔이 아니기를

탱

제가 처음으로 죽음을 마주한 것은 열두 살 초여름, 폐암으로 2년간 투병하던 아버지가 세상을 떠나던 날이었습니다. 새벽녘 아버지의 숨이 다할 때까지 저는 졸린 눈으로 아버지의 다리를 연신 주물렀고, 아버지의 머리맡에는 어머니가 멍한 눈으로 앉아 계셨으며, 가슴 옆에는 막 성인이 된 오빠가 무릎을 꿇은 채 소처럼 울고 있었습니다. 그 울음소리가 새벽 공기를 흔들며 집 안 전체를 메웠습니다.

시골 방식으로 장례를 치르던 한낮, 저는 하얀 소복을 입고 마당가의 복숭아나무 그루터기에 걸터앉아 푸른 하늘을 보며 다리를 흔들고 있었습니다. 저 멀리서 학교 선생님과 친구들 몇몇이 문상 오는 모습이 보였지요. 왠지 슬픈 모습을 보여 줘야 할 것 같았지만 이상하게 눈물이 한 방울도 나오지 않았습니다. 나쁜 사람이 된 것만 같아 부끄러웠습니다.

세월이 흘러 어른이 되고 세상 속에서 살아가는 동안, 아버지는 제 안에 자리잡아 그날 나오지 않았던 눈물을 때때로 소환했습니다. 가까운 사람의 부재가 얼마나 큰지를, 그 빈자리가 어떤 무게로 남는지를, 삶이 제게 일깨워 주려 했던 것 같습니다. 어쩌면 주변 사람의 죽음이란 그런 것인지도 모르겠습니다. 흩어진 기억의 파편으로 일생 동안 따라오거나, 상실의 슬픔으로 떼를 지어 몰려와 어깨 위에 잠시 머물다 가는 것.

이제 저의 죽음 앞에서, 어린 날의 제가 그랬듯 당신이 슬퍼하지 않았으면, 죽음은 곧 슬픔이라는 공식이 성립되지 않았으면 합니다. 다만 살아가는 나날 속에서 문득 햇살이 좋거나, 뜨거웠던 찻물이 따뜻하게 식어 갈 때, 제 생각이 스치듯 떠오른다면 그때 눈물 대신 미소를 지어 주세요. 그저 '우리 곁에 허술하지만 정이 많고 모두에게 사랑받고 싶어 했던 김태영이라는 사람이 있었지' 하고 떠올려 주신다면 그것으로 충분합니다.

장례는 잔잔한 음악이 흐르는, 제가 평소 좋아하던 공

간에서 조용히 치를 예정입니다. 편하신 시간에 들러 유골함 앞에 꽃 한 송이를 놓아 주시고, 따뜻한 차 한 잔을 마시며 잠시 쉬었다 가세요. 살아생전 신세만 졌기에 부의금을 받지 않으려 했지만, 홍님이 여러모로 애쓸 듯하여 상한선을 3만 원으로 정했습니다. (가는 길마저 돈 타령이라니 쓸데없이 일관적이지요.) 주신 마음, 가는 길에 소중히 쓰겠습니다.

끝으로, 마음속에 남은 몇 가지 사과를 전합니다. 살면서 상처를 드리고도 제때 사과하지 못한 일들, 마음을 다 내보이지 못한 일들이 자꾸 떠오릅니다. 부끄러움을 아는, 입이 무거운 사람으로 살며 누구에게도 상처 주고 싶지 않았지만 그러지 못했습니다. 이상은 늘 타인을 향하고자 하였지만 마음이 좁아 자신만을 생각한 순간이 많았습니다. 여러모로 소양이 부족했던 나약한 인간이었음을 너그러이 용서해 주세요. 경솔한 언행으로 상처를 드려 정말 미안했습니다.

이제 저는 한 점의 바람이 되어 흩어질 것입니다. 바람이 스치는 어느 오후, 당신의 어깨 위에 바람이 잠시 내려앉는다면 그건 제가 마지막 인사를 건네는 순간일 겁니다. 홍님의 아내로, 엄마 아빠의 딸로, 언니 오빠의 막냇동생으로, 누군가의 동료이자 친구로, 반려묘 달님이와 밤톨이의 집사로, 한국문학을 모국어로 읽는 독자로, <너의 작업실> 책방지기로 살아갈 수 있어 더없이 행복했습니다. 다시 태어난다면 턱에 여드름이 나지 않고 방광이 튼튼해 오줌을 잘 참으며 얼굴이 예쁜데다 우아하고 고상한 책방 주인으로 살아보고 싶습니다.

바람 혹은 비 또는 새처럼 자유롭게

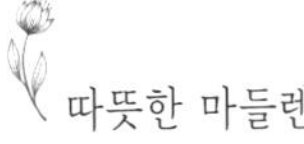 따뜻한 마들렌

새벽에 걸려 온 전화는 친구의 남편으로부터였다. 20년 지기인 내 친구는, 안개가 덮인 어느 늦은 밤 홀로 운전하고 집으로 돌아오던 중이었다고, 마주 오던 화물트럭을 피하지 못한 것 같다고, 친구의 남편은 젖은 목소리로 말했다. 응급실과 중환자실로 이어지던 소란이 '사망'이라는 말로 멈추었을 장면이 눈앞을 스쳐갔다.

겨울비가 하루 종일 내리는 날, 성당에서 장례 미사가 있었다. 미사를 주관하는 성당의 관계자, 그녀의 남편과 아이, 그리고 나와 몇몇의 친구들뿐이었다.

그녀는 언젠가 혹은 늘, 웃으며 말하곤 했다. 돌연사가 꿈이라고. 바람대로였을까, 길게 아프거나 죽음을 예견하는 전조 같은 건 없었다. 어느 날 갑자기 바람처럼… 그녀는 사라졌다.

그녀에게는 아직 성년이 되지 않은 아이가 있었고, 그녀만을 의지하는 노모가 계셨다. 그러나 살아남은 자의 삶은 살아남은 자의 것! 나는 더 이상 볼 수 없는 그녀가 그리웠다.

그녀는 잘 살아가고 있는 듯했다. 때때로 힘겨워 보이기도 했던 그녀를 나는 놓치곤 했다. 그녀는 사이사이 책을 읽고, 가끔 빵을 굽고, 천천히 걷고, 느린 바느질을 했다.

나는 그녀의 느린 바느질을 이해하지 못했다. 현실과는 사뭇 먼 일 같았다. 그녀의 바느질엔 시간과 사람, 이야기가 스며 있었다. 끊일 듯 이어지는 그것이 왜인지 알겠어서… 싫었던 건지도 모른다.

버지니아 울프처럼 자기만의 방을 원했던 그녀는 그것을 가졌고, 그 안에 새처럼 들어앉아 고요해지곤 했다. 현실과 사뭇 먼 일이라고 생각의 외면에 그녀를 놓아 두며, 나는 나와 다른 그녀를 좋아하기도… 싫어하기도 했다.

작업실 책상을 열어 뒤적이면 여기저기 쓰다 만 메모들이 있을지 모른다. 그녀가 남겨 둔 말들이 손 닿던 어딘가에 낱장으로 날릴지 모른다. 나는 더 이상 볼 수 없는 그녀가 그리웠다.

내 삶이 끝나고 난 후의 시간에 대하여, 친구라면 이렇지 않을까 생각해 봅니다. 작은 바느질 작업실에 친구들이 모여 나누는 애도를 상상해 봅니다.

자신의 죽음을 상상하며,
장례식에 초대하는 글을 아래에 적어 보세요.

2부

내일의 부고를

전합니다

내일은 비가 올까요

콩

외딴곳에 고즈넉하게 놓여 있는 돌멩이의 재채기, 태양빛 내리쬐는 한낮에 홀로 조용히 흔들리는 풀잎 한 점, 길을 가다 아무 기척도 없는 뒤를 돌아보고 한참을 서 있던 길고양이가 일제히 나를 향하던 순간, 집 앞 겨우내 끈질기게 붙어 있던 마지막 열매가 별안간 떨어지는 소리가 들렸습니다.

가만, 저 몸짓들은 그러니까 오늘 밤 나의 부고를 기리는 저들의 마지막 작별 인사인가요.

풀밭에 몸을 뉘어 흐르는 구름의 궤적을 눈으로 좇고 있던 나는 고개를 돌려 옆에 놓인 바위를 바라보았습니다. 불그스름하게 추운 빛 헤엄치고 있는 것이 꼭 우주 어딘가를 부유하고 있을 것만 같은 행성을 닮았더군요. 그 위에 작은 날벌레 하나가 휘청거리며 내려앉더니 이내 능숙하게 날아갔습니다. 이름 모를 행성은 아무 일도 없었다는 듯 다시 묵직한 가부좌를 틀고 앉아 있을 뿐이었지요. 그 찰나의 덧없는 무게를 눈앞에서 목도한 나는 누인 몸을 일으켜 정처 없이 걷기 시작했습니다. 허락된 시간이 있다면 하염없이 걷고만 싶어지는 것은 나의 고질적인 습성인 까닭이지요.

　마지막 오늘, 나는 바싹 마른 나뭇잎에 매달려 바람에 하릴없이 나부끼는 평온한 애벌레가 되었다가, 무성한 수풀 속에 기어들어가 앉아 뜨거운 코코아를 호호 불어 마시는 막연한 움직임을 살고 있습니다. 근사하고 멋스럽게 늙어 가는 한 그루 소나무의 고태미에 언어의 무용함을 언어로 고찰하고 있던 와중에 근처의 시냇물이 얼음을 깨고 낮게 흐르기 시작하는 소리가 들려 그 물줄기를 바라보고 한참을 앉아 있기도 했지요. 오랜 겨울을 깨고 나온 첫 물줄기인 까닭이었을까요. 기어코 희고 단아하며 부드러운 물빛을 띠더군요. 그러다 금세 어스름 내릴 무렵이 되어 자전거를 타고 온몸을 가득 채운 낭랑한 노랫소리를 길바닥에 흘리며 나의 아름드리 느티나무 아래 모퉁이 벤

치로 굴러갔습니다.

해가 지고 난 어두운 밤이면 이따금 나는 이곳 벤치에 앉아 조용하고 평화롭기만 한 밤의 장막 저편에 혼재하고 있을 아픈 소란들을 들여다보았습니다. 그러다 긴 나뭇가지에 매달린 나뭇잎들이 바람결에 다정한 물소리를 쏟아 낼 때, 그 선율이 그들에게 무심결에 가닿아 안아 주기를 바랐지요. 하지만 나는 이제 무용한 연기 한 오라기가 되기에 머지않았으니, 지금은 그저 내가 사랑하는 친구들의 늦은 잠자리를 지켜 주는 작은 촛대의 불빛이고 창으로 스미는 조용한 바람이고만 싶습니다.

주말이 되면 여전히 윗집에선 부드럽고 나지막한 피아노 연습 소리가 들려오겠지요. 페달을 내려 밟는 고고한 울림, 반복해 연주되는 서툰 음 하나라도 놓칠세라 읽던 책을 내려놓지도 못한 채 그 상태 그대로 멈추어 연주를 듣고 있는 내가 그 한가운데 앉아 있을 겁니다. 아니, 그곳엔 이제 완연한 침묵만이 그 멀고 아름다운 연주의 유일한 청취자가 되려나요. 내 방 창밖에선 매 계절 부지런히도 억척스럽게 우짖는 직박구리 소리가 들리고, 백색소음처럼 낮게 깔린 자동차 바퀴 소리와 경적 소리도 여전하겠지요. 이따금 창밖에서 뱃고동 소리가 들려오곤 했는데, 바다와는 꽤 먼 거리에 살고 있는 나에게 닿은 이 소리는 무엇이었을까요. 끝내 아무것도 알지 못한 채로 내게 드리운 그림자 아래서 속절없는 침묵이 되어 갑니다.

내일은 비가 올까요, 파랗고 맑은 하늘이 도래할까요. 영원히 알 수 없을 그것이 지금은 다만 궁금할 뿐입니다.

부고문

구름이 굵은 띠를 이루어 그 틈새로 부드러운 안갯빛이 강처럼 흐르는 조용하고 한적한 겨울 한낮, 고인의 부고를 전합니다.

지구 나이로 스물세 살. 생전 어느 곳에도 속하지 않고 누구에게도 구속받기를 원하지 않았던 그녀에게 아이들과 자연은 유일한 친구이자 스승이자 종교였습니다. 그래서였을까요, 그녀의 핸드폰에는 사고가 난 당일 녹음된 음성 파일이 하나 있었습니다. 갓난아기의 기침 소리를 닮은 작은 시냇물 소리였지요. 먼 곳에서 바람에 길게 흔들리는 마른 대나무 소리가 들리고 가까이서 얕고 가느다란 냇물 소리가 들리는 것을 보아 그녀는 사고 직전 이 자그마한 물소리 옆에 꼬박 앉아 있었던 모양입니다. 한참을 흐르다가 별안간 끝나 버리는 이 덧없는 소리는 그녀가 지상에 남긴 마지막 흔적이 되었지만 그녀의 가족과 친구들은 어째서인지 이 소리를 듣곤 안도와 기쁨이 뒤얽힌 미소를 지었습니다. 길지 않은 생을 작고 몽롱하기 짝이 없는 야생화처럼 살아온 그녀가 아무도 모르게 쌓아 온 업적과 재산은 그녀의 동공과 폐부 곳곳에서 발견되었습니다. 하지만 그것을 알아차릴 수 있는 사람은 극히 한정되어 있는 것으로 보이며, 예컨대 연한 민들레 새순을 닮은 몸이라면 누구나 그 업적을 누리고 재산을 가져갈 수 있는 특혜가 부여된 것으로 보입니다. 그녀의 타계 소식을 바람결에 들은 곱슬머리 양치기 소년과 동그랗고 하얀 코를 가진 소녀가 훌쩍이며 걸어와 이미 그녀의 재산 일부분을 한 손 가득 움켜쥐어 간 것으로 알려져 있으니, 위의 기준에 해당되는 자는 빠른 시일 내에 그녀가 지상에 뿌린 소량의 재산을 한 꼬집씩 담아 가시길 바랍니다.

오늘 밤 그녀의 죽음을 기리는 소나기가 내린다는 예보가 있습니다. 소나기가 내리는 안개 속에서 조용한 장례가 치러질 예정이니 작은 우산을 하나 챙겨 발걸음 하시기를 권고드립니다.

이 시대의 따스함, '정듦' 별세

드므

　팍팍해지는 세상을 살아가느라 서서히 차가워져 가는 사람들의 마음에 온기 하나쯤은 넣어 주고 싶어 하던 작가 정듦 씨가 지난 5일, 자택에서 별세했다. 향년 85세.

　고인은 우리에게는 이 시대 '온기'의 표상으로 일컬어진다. 성실하기로 소문난 정성실 씨의 장녀로 태어나 무엇이든 열심히 하는 사람으로 성장했다. 평범한 기혼 직장 여성으로 살았으나 불혹에 가까운 나이에 글쓰기에 입문했다. 고인이 작고하기 두 달 전에 인터뷰를 진행했던『보그』지에 따르면 고인에게는 남들에게 없는 것이 하나 있었다. 라피스라줄리 보석을 닮은 눈동자.

　2018년 여름이 다가설 때, 생사의 굴레에서 미끄러지는 일을 겪은 뒤 그의 손등에는 손톱만 한 눈동자가 돋아났다. 깊은 바다를 닮은 푸른빛이 도는 눈이었다. 그 눈이 생기자 세상 곳곳에 도사리고 있는 비명이 선명하게 보이기 시작했다고 한다. 소매가 긴 옷을 입거나 붕대를 감아 보기도 하였으나 그 눈은 번번이 끔뻑대며 눈물을 쏟았으므로 결국 가리지 못했다고 한다. 한밤중에도 손등으로부터 밀려오던 따갑고 쓰린 기운을 잊기 위해 펜을 잡았는데 그때부터 통증이 가셨다며 본인의 글쓰기 비밀을 털어놓기도 한 정듦.

어딘가 모르게 따스함을 내뿜는 그의 글은 등단 당시에는 큰 주목을 받지는 못했으나, 작년 12월 '황금 심장(the Golden Heart)' 트로피를 거머쥔 후 대중의 폭발적인 관심을 얻었다. 이 문학상은 우주 역사상 가장 큰 규모의 평화연합인 'E.E.A.O.(에아오, Everything Everywhere All at Once)'가 2050년에 제정하였으며, 마음이 시릴 때 손이 닿으면 딱 좋은 온도를 지닌, 우주에서 가장 따스한 글을 쓴 작가에게 시상한다. 뜨겁지도 미지근하지도 않아야 하는 그 온도를 치밀하게 측정해야 하기에 전 우주 문학상 중에서 가장 심사가 까다롭기로 유명하다. 화성에서 살고 있는 대문호 '나모르아나(Namorana)'가 유력한 후보였던

만큼 당시 이 소식을 접한 지구의 한국인들은 크게 환호
했다.

　한편 그의『보그』인터뷰 화보는 세간에 화제가 되기
도 하였다. 패션지답게 백발 단발을 한 여성 작가와 손등
에 푸른 보석처럼 새겨진 그의 감각기관을 세심한 시선으
로 아름답게 촬영해 냈기 때문이다. 그러나 고인은 자신에
게 쏟아지는 관심보다 남편의 눈길을 받는 것을 더 좋아
했다는 후문이다. 고인은 남편과 매일 손을 잡고 바닷가
를 산책했으며, 이웃들은 그들이 멋진 노부부였다고 입을
모았다. 주치의의 말에 의하면 고인은 지난달 남편이 세상
을 떠난 뒤부터 광합성을 하지 못한 잎사귀처럼 스러져 가
기 시작했다고 한다.

　요양보호사인 S가 발견했을 당시, 고인은 푹신한 소파
에 묻혀 거실로 들어오는 따사로운 5월의 햇빛을 만끽하
는 듯이 보였다고 한다. S는 말했다. "막 좋은 소식을 듣
고 음미하는 것처럼, 눈을 감은 채 미소를 머금고 계셨어
요. 손에는 항상 쓰시던, 파도 문양이 새겨진 만년필이 쥐
어져 있었는데, 그게 툭 바닥에 떨어지더라고요. 놀라서 다
가갔더니… 호흡이 없으셨어요. 털썩 자리에 주저앉았죠.
그런데 눈길이 느껴져서 고개를 들었더니 손등에 있던 푸

른 눈이 저를 보고 천천히 두 번 깜빡이는 거예요! 저를 달래듯이요! 그리고 서서히 눈꺼풀이 닫혔어요. 그러고 나서는… 사라졌죠. 그 손등에 있던 게, 거짓말처럼. 손에 쥔 모래가 스르르 떨어져서 덮듯이 그렇게, 흔적 없이요.”

고인이 남긴 재산은 살고 있던 한옥 한 채와 간간이 인세가 들어오는 통장 하나가 전부였다. 그의 유언에 따라, 마당이 넓고 볕이 잘 들던 그의 자택은 추후 리모델링을 거쳐 ‘푸른 눈’이라는 복합 창작공간으로 거듭날 예정이다. 빈소는 서울성모병원, 발인은 5일 오전 6시 반. 장지는 남편과 가족과 반려견이 있는 무지개다리 건너 아무 곳, 그들과 함께.

봄날의 안녕

 봄날

홀로 조용히 책 읽고 글 쓰기를 사랑했던 '봄날'이 하늘나라로 떠났습니다. 햇살이 좋고 바람이 선선한 날이면 사랑하는 이들과 손잡고 산책하기를 좋아했던 고인은 암 선고 이후 30년 넘게 더 살았으면 충분하다고, 슬퍼하지 말라며 안녕을 고했다고 하네요.

한때는 작가를 꿈꾸는 문학소녀였지만, 부모님의 뜻대로 열심히 공부해서 교사라는 직업을 얻었고요. 남들 다 하는 것처럼 결혼도 하고 아이 둘 낳아서 잘 키우고 사나 했더니, 백조처럼 물 밖에서 우아하게 버텨 내느라 힘들었는지, 한창 나이인 서른아홉에 그만 암을 선고받았다지요.

고인의 둘째, 막둥이가 초등학교에 입학하던 해였으니

까, 그 놀람과 절망은 이루 말할 수가 없었겠지요. 수술대 위에서 몸의 한 부분이 영원히 사라져 버린 뒤였지만 고인은 의연한 척 가장했다네요. 아는 분들은 아시겠지만, 고인의 성격이 그랬어요. 항상 주변 사람에게 폐 끼치지 않으려고 애쓰느라, 정작 본인 몸이 망가져 가는지도 몰랐겠지요.

고통스러운 항암 치료 후 다시 얻은 삶의 순간순간이 얼마나 소중했을지, 여러분도 상상되시죠? 고인은 항상 감사하자, 행복하자, 의식적으로 노력했다고 합니다. 물론 툭하면 여기저기가 아픈 자신의 저질 체력에 대한 원망이 없지는 않아서, 새해를 맞을 때마다 첫 번째 목표는 항상 꾸준히 운동하기였지만요.

고인은 자신을 잘 돌보기 위한 선택으로 무급휴직을 감행했다고 해요. 일상의 바쁨에 파묻혀 놓치고 지냈던 아이들과의 시간을 늘렸고요. 어린 시절 유일한 위로였던 책과 다시 가까워지고 싶어, 책방을 순례하기 시작했답니다. 그러다가 <너의 작업실>이라는 다정한 책방에서 글방 동무들을 만났고, 덕분에 책 읽고 글 쓰는 즐거움을 제대로 누리며 남은 생을 살 수 있었다고 하네요.

해가 갈수록 글쓰기의 어려움은 더해져서 포기하고 싶

을 때도 많았지만, 책방과 이어 온 인연 덕분에 꿈에 그리던 책을 내기도 했다지요. 작가의 경험과 허구 사이 그 어디쯤 있을 고인의 이야기는 비록 세상에 널리 알려지진 못했지만, 그를 아끼고 사랑했던 이들에게 소중히 간직되고 있다고 해요.

마지막으로, 여러분도 이루지 못한 꿈이 있다면 포기하지 말라는 얘기를 전해 달라고 하셨답니다. 그럼 안녕.

내가 선택한 죽음

이윤정

안녕하십니까. 바쁘신 와중에도 저희 어머니의 장례식에 방문해 주셔서 감사합니다. 보내 주신 위로와 격려가 슬픈 와중에도 큰 힘이 되었습니다. 일일이 직접 뵙고 인사를 드려야 마땅하지만, 경황이 없어 촌저로 대신함을 양해 부탁드립니다.

저희 어머니는 1982년 10월 31일에 태어나 2067년 10월 31일에 일생을 마감하셨습니다. 어머니는 본인의 인생을 되돌아보며 "우울증과의 지루한 싸움이 이어졌고 견디다 보니 세월이 흘러갔으며, 버티다 보니 노년이 되었다"라는 말씀을 자주 하셨습니다.

20대에 발병한 우울증을 노년 때까지 겪으셨던 어머니는 질병과의 싸움에서 이기기보다는 그것을 잘 달래면서 살아가는 것을 선택하셨습니다. 어머니께서는 우울증을 안방에서 키우는 화분 같다고 말씀하셨습니다. 늘 곁에서 숨 쉬면서 별 신경 쓰지 않아도 잘 자라다가도, 어느 순간에 손쓸 새 없이 시들어 버렸다가, 또 오랜 시간 신경 써서 햇빛을 쬐어 주고 바람을 쐬어 주면 배시시 기운을 차리는 화초 말입니다.

화초를 잘 살려내는 솜씨 좋은 노인처럼 어머니께서는 자신의 우울증을 잘 달래면서 살아가셨습니다. 시든 것 같다가도 어느 순간 기운을 차리서서 반찬을 한가득 해놓고 저희를 불러 수다스럽게 이런저런 이야기를 하시는 어머니가 저희는 늘 사랑스럽다고 생각했습니다.

어머니의 우울증에 대하여 이렇게 말씀을 드리는 이유는 어머니의 죽음의 방식 때문입니다. 뉴스를 통하여 많은 분들에게 알려졌듯이, 어머님께서는 국내에서 합법화된 지 1년이 채 되지 않은 안락사를 통하여 스스로 선택하신 날에 세상을 떠나셨습니다. 어떤 분들은 어머니께서 우울증을 견디지 못하고 안락사를 선택했다고 생각하시지만, 이것은 전혀 사실과 같지 않습니다.

어머니께서는 세상에 태어난 것도, 또 살아가면서 겪었던 많은 일도 스스로 선택할 수 있는 것은 그리 많지 않다고 자주 말씀하셨습니다. 주도적이고 적극적인 성격의 어머니께서는 그래서인지 늘 본인의 선택을 중요시하셨습니다. 결과에 대한 책임을 무겁게 지게 될지라도 본인이 선택할 수 있는 것은 스스로 결정하고자 하신 것입니다. 가정 생활의 많은 순간 어머니는 스스로 결정하고 책임지는 것에 대한 무게와 짜릿함을 함께 즐기셨고, 저희 가족은 어머니의 이러한 의지를 존중했고 또 존경했습니다.

80세가 넘어가자 급격히 노쇠해진 어머니께서는 더 이상 나아지지 않는 신체적 노화를 인정하셨습니다. 그리고 일상에서 늘 가족 구성원의 도움이 필요한 순간이 오자 이제 때가 온 것 같다며 헤어짐에 대해 말씀하셨고 저희 가족은 어머니의 선택을 존중하기로 결정했습니다. 본인이 가장 적당하다고 생각하신 때에 행복하게 세상을 떠나신 어머니가 하늘에서 편안하게 쉴 수 있도록 어머니의 선택에 지지와 기도를 부탁드립니다. 저희 가족은 어머니의 유지를 받들어 적극적이고 즐겁게 세상을 살아가도록 하겠습니다.

다시 한번, 진심으로 위로해 주시고 함께 슬퍼해 주신 그 마음에 고개 숙여 감사의 인사를 올립니다. 덧붙여, 보내 주신 부의금 일체는 어머니께서 평소에 인연이 닿았던 장애 어린이 재단에 기부하였음을 보고드립니다. 앞으로 귀댁에 대사가 있을 시 반드시 연락 부탁드립니다.

끝으로 귀댁에 건강과 행운이 함께하시길 기원합니다.

이주아 이민아 배상

한 사람이 오고 가는 것은

박신애

내가 죽음을 미리 준비하지 못한 채 갑작스레 떠나더라도, 당신은 충분히 슬퍼하고 애도하며 마음의 짐을 조금이라도 덜어내길 바랍니다. 이별은 언제 어떤 모습으로 찾아와도 슬픈 일이니까요.

반대로 내게 죽음을 미리 준비할 시간이 주어진다면, 나는 생전에 그리운 이들을 직접 찾아 인사를 남기고 떠날 것입니다. 혹여 그마저도 여의치 않아 미처 인사를 전하지 못하게 된다면, 평소 내가 마음에 두고 있었던 이들에게 이 말을 대신 전해 주세요.

"장례식은 없습니다. 당신이 계신 그 자리에서 조금만 슬퍼해 주세요. 시간이 흐르고 흘러 당신이 내가 있는 곳에

오게 된다면 스치듯 만나 인사할 수 있을 거예요. 지금은 나의 가족들이 충분히 애도할 수 있도록 멀리서 기도만 부탁드립니다.”

나의 시신은 장기와 조직 기증을 마친 뒤 고운 가루로 돌아올 거예요. 시신이 눈앞에 없다고 아파하지 마세요. 나의 형태가 남아 있든 없든, 당신 마음에 남아 있을 흔적은 변하지 않을 테니까요. 내가 남긴 것으로 누군가 새 생명을 얻거나 의술 발전에 보탬이 되었다면, 나는 그것만으로 충분히 고마울 겁니다.

생각보다 처리해야 할 일들이 많을 거예요. 한 사람이 오고 가는 일은 누구에게나 낯설고 번거로운 과정인가 봅니다. 그런 일을 마주할 사람이 당신이라는 사실이 다행입니다. 살아 있는 동안 내게 넉넉한 사랑을 나눠 준 당신이 있어서 정말 감사했습니다.

떠난 후에도 당신에게 아픔만 남기고 싶지 않아요. 나를 떠올리며 하나씩 정리해 나가는 동안, 당신 마음 깊은 곳에 고여 있던 슬픔과 설움이 조금씩 흘러 나가길 바랍니다. 그러니 너무 서두르지 말고, 당신의 속도대로 살아가 주세요. 내가 살던 세상보다 더 즐겁고 멋진 시간을 마음껏 누린 뒤에, “나는 참 행복하게 살다 왔다”라고 말할 수 있을 만큼 충분히 살아낸 뒤에 언젠가 다시 만나요. 당신을 기다리는 나에게 그보다 큰 기쁨은 없을 거예요.

당신을 두고 먼저 갔다고 미안해하지 않을 거예요. 하지만 나와 함께해 준 숱한 시간 속에 당신이 있어 참으로 좋았다고, 감사하다고 말하고 싶습니다. 많이 고맙고 사랑했습니다. 부디 평안하세요.

마지막 걸음

백미애

신유년 음력 정월 스무이레 진시생 白, 美, 愛 다시 걷다.

임술년이었던가, 걸음마를 뗀 어느 날부터 그녀는 매일, 비슷한 속도로 걷기 시작했다. 날씨나 기분 같은 것을 상관하지 않으려고 애썼지만 잘되진 않았다. 맑음, 흐림, 쌀쌀함 같은 것에 기대어 달라지는 슬픔, 기쁨, 아픔, 짜증, 행복에 마음을 내려고 하루 몇 시간은 꼭 햇빛을 보고 햇볕을 쬐며 바깥공기를 마셨다. 주어진 시간 동안 걷는 데에만 온 힘을 다하고 싶어서 가는 길과 도착하는 곳은 매번 똑같이 정해 두었다고 한다. 그래야 '걷기'에 집중할 수 있으니까.

열심히 성실하게 사는 것만이 삶을 일구어 나가는 큰

힘이 된다고, 그녀는 믿었다. 그녀가 삶을 걷는 일은 부딪히며 뛰고 넘어지는 것이었다. 무릎과 종아리에 멍과 상처가 아물 날이 없었건만. 그녀는 행동하는 이였다. 계속 걸었다.

한번은 걷기만 하다가 걸어온 길을 언제 지나왔는지 몰라서 걷다가 소름이 돋은 적이 있다고 했다. 이 길을 지나온 게 맞냐며 발걸음을 하나씩 옮길 때마다 그 길을 되새김했지만 그 걸음들은 끝끝내 생각나지 않았다. 그녀는 그래도 괜찮았다.

삶의 길 위에는 늘 그물이, 함정이, 진흙탕이, 때로는 물웅덩이가 있었고 그것들을 매번 피할 수만은 없었다. 가끔은 그것을 지르밟을 줄도 알아야 했다. 두 발로 진득하게 밟을 때마다 순진함을 털어내고 세속의 때를 묻혔다.

그래도 그녀는 좋다고 했다. 잠깐 멈춰 서서 바라본 하늘이 있었고 그 하늘이 마음과 상관없이 늘 맑다는 사실이 좋다 했다.

그녀를 만드는 힘듦과 쉬움, 슬픔과 기쁨 같은 것들에 상관하지 않는 걸음들이 걷는 길, 변하지 않고 그 자리에 있는 산과 저수지, 많은 것이 변하지만 변하지 않는 것들도 많다는 사실, 밤새 내린 눈이 만들어 낸 풍경. 만지면

부서질 듯 3kg의 무게가 가장 무겁게 느껴진 순간, 엄마 품을 찾던 작은 입의 옹알거림, 계속 울고 가끔 웃는 우리, 들숨과 날숨과 콩닥거림, 아침에 눈 떠서 가장 먼저 궁금한 이가 있다는 일, 눈 깜빡이는 순간마다 밀려오는 그리움, 싱그러움과 청량함이 깃든 미소…….

그녀가 애정하는 이 모든 것들이, 그리고 사랑하는 사람들이 그녀가 다시 걸어야 할 길을 응원해 주면 좋겠다. 그들이 바로 당신이기를.

평범하지 않은 부고

혜남세아

고 유병욱 님께서 별세하셨기에 삼가 알려드립니다.

\- 상주 -

녀 유세영 유세이

빈소 : 국군수도병원

장지 : 국립현충원

연락처 : 010-0000-3230

세상의 모든 것이
제자리에서 아름다운 날

꽃마리

여러분, 고봉산 자락에 살던 꽃마리를 기억하나요? 뭐가 좋은지 늘상 헤실헤실 웃고 다니던 할머니 있잖아요.

맞아요, 그 꽃마리 할머니. 이래도 웃고 저래도 웃어 우리가 바보스럽다고 수군대기도 했잖아요. 바로 그 꽃마리가 몇 달 전에 망자가 되었다네요. 꽃마리가 수국을 좋아했잖아요? 모종을 주려고 집에 들렀다가 가족에게 들었어요.

꽃마리가 글쎄 우리가 알던 어리숙한 사람은 아니었나 봐요. 그 할망구가 말이에요, 죽음을 스스로 선택했다지 뭡니까. 죽음이 다가오자 곡기를 끊고 차분하게 남은 날을 보냈다더라구요.

언제 그랬냐구요? 나도 궁금하여 물었더니, 세상의 모든 것이 제자리에서 아름다운 날이라고만 했어요.

그날 바람이 솜털같이 보드랍고 햇살은 따사롭고, 그녀의 가족은 더할 나위 없이 평온했다고 하더라구요. 그 좋은 날에, 그녀가 나뭇잎이 떨어지듯 눈을 감았다네요.

삶의 페이지를 덮다

 푸징

부고 소식을 받고 너무 놀라지 않았기를 바랍니다.

주어진 삶을 온전히 살아 내고 떠날 수 있어

감사하고 행복합니다.

당신에게 다정한 기억 하나쯤은 남겼기를 바라 봅니다.

나의 부고장엔 슬픔의 냄새 대신

따스함의 냄새가 묻어 있기를 바랍니다.

그래서 당신이 나를 떠올릴 때

우리 이때 참 좋았었어 하며 흐뭇해하다가

당신의 일상으로 잔잔하게 돌아가면 좋겠습니다.

나는 당신과의 따스했던 기억 한 움큼을 마음속에 간직

하고

행복하게 떠나갑니다

그러니 부디 당신도 그래 주면 좋겠습니다.

마지막 편지

김수정

매일을 잘 살고 싶어서 부단히 노력했던 그는
중년부터 매일 읽고 쓰면서
하루하루를 살다가 영면에 들었습니다.

뭔지도 모르면서 좋은 사람이 되고 싶어 했고,
방법도 모르면서 도와주고 싶어 했으며,
끝도 모르면서 시작하기 일쑤였습니다.
결국 아는 것 없이 눈을 감았지만
눈을 감기 전에 그는 행복하다고 속삭였습니다.
평소 눈물 많고 웃음 많은 그는
울고 웃을 수 있는 캘리그래피 작품을 다수 남겼습니다.

혼자만의 시간도 즐겼으나
사람들과의 관계 속에서 그는 즐거웠습니다.

함께 울고 웃었던 좋은 분들께
고인의 마지막 말을 전합니다.

고마웠어요.

늘 푸르렀던 삶을 두고

솔

찬란한 5월에 이 세상에 찾아온 그녀, 같은 달 좋은 날에 늘 푸르렀던 삶을 두고 떠납니다. 이름처럼 소나무와 같던 삶을 산 솔의 부고를 전합니다.

고인은 이생의 많은 것을 깊이 좋아했습니다. 산미가 짙은 커피, 책등이 예쁜 책, 거리에 활짝 핀 들꽃, 친구의 낡은 편지, 엄마의 간간한 반찬, 아빠의 잡곡밥, 구름이 몇 점 있는 맑은 하늘, 귀여운 동물 이모티콘, 참을 수 없을 만큼 웃긴 이야기, 밝은 표정으로 주고받는 인사, 달지 않은 호밀빵, 막히지 않는 거리에서의 드라이브, 쌀로 만든 진한 약주, 사랑하는 사람의 따뜻한 손, 뭐든 잘은 하지 못했던 운동, 이파리가 넓은 관엽식물, 읽기 쉬운 글과 그림, 어딘가 조금 다른 아이들.

 세상의 온갖 다정함이 그녀를 떠받쳐 주었고 그녀 또한 다정한 사람으로 살다 갔습니다. 열심히 살았고 많이 나누다 갔습니다. 그런데도 아직 남아 있는 고인의 물적 재산과 심적 위로는 사랑하는 그대들이 알아서 잘 간직해 달랍니다. 미안하답니다. 이생에서 더 이상의 고민은 싫다고 합니다.

 제법 괜찮은 삶이었으니 찾아오는 이에게 슬퍼하지 말라고도 전하였습니다. 힘차게 웃고 가도 좋다고 하였습니다. 다만, 언젠가 낯익은 바람이 일 때 한 번쯤 고인을 떠올려 준다면 그것으로 충분하다고 하였습니다. 고마웠고, 사랑했다고도요. 아주 많이요.

할부로 슬픔을 조금씩 나눌 수 있다면

동틀

2053년 2월 1일, 겨울 같지 않은 영상 10도의 날씨. 강원도 원주의 한적한 별점 마을에서 '동틀'이 노환으로 조용히 생을 마감했다.

별점 마을은 정부와 지자체 그리고 입주민 가족들의 지원으로 운영된다. 이 마을에는 없는 것 빼고 다 있다. 병원, 미용실, 도서관, 문화센터 등 규모가 크진 않지만 마을 사람들이 이용하기에는 부족함이 없다. 점원들은 대부분 도움봇으로 구성되어 있고, 노인 전문 교육을 이수한 사람들이 관리와 운영에 참여하고 있다.

노인 인구의 증가로 곳곳에 요양 마을들이 이미 많이 들어서 있지만 별점 마을만의 차별점이 있다. 마을 주민의 장례와 관련된 것들을 이곳만의 방식으로 진행하는 것이다. 주민이 사망하면 별점 마을의 제일 높은 곳에 위치한 펜션형 장례식장으로 옮겨진다. 1층에는 추억의 방과 명상 룸이 있다. 생전에 고인이 사용했던 몇 가지 물품, 사진, 편지 등이 전시된다. 원하는 사람은 명상 룸에서 고인이나 가족들에게 영상 편지를 남길 수 있다. 2층에는 즉석에서 음식을 만들어 주는 식당과 야외 전망의 다도 룸이 있다. 잠시 마음의 휴식을 취하거나 조용히 얘기를 나눌 수 있는 장소이다. 3층에서는 숙박을 할 수 있다. 마지막 지하 1층은 고인을 모시고 있는 공간이다.

장례식장의 분위기는 30여 년 전과는 많이 다르다. 물론 가족들은 슬픔을 안고 달려오지만 떠나보내는 마음은 무겁지만은 않다. 누구나 참여할 수 있는 장례 시뮬레이션에 참여해 미리 죽음 교육을 받는 이들이 많아졌기 때문이다. 별점 마을에 들어와서 제일 먼저 하는 일 또한 이곳에서 자신이 살고 싶은 삶을 계획하고 죽음을 준비하는 방법을 배우는 것이다. 대부분 주변에 조금이라도 자신이 도움이 되기를 바라며, 자신들이 원하는 방식으로 자녀들이 장례를 치러 주길 소망한다.

동틀은 자신의 장례식에 남색 원피스를 입고 싶어 미

리 준비해 두었고, 잔잔한 음악을 낮게 깔아 주길 원해서
선곡까지 해두었다. 추억방에는 고마운 사람들에게 편지
와 영상, 선물을 준비해서 감사의 마음을 표현했다. 음식
은 식당 테이블에서도 먹을 수 있지만 소풍 온 듯 도시락
으로 받아 옥상 테라스에서 강원도의 수려한 산세를 바라
보며 먹으면서 잠시라도 미소 짓기를 바랐다. 그동안 자라
면서 봐왔던 장례식 풍경은 죽음을 더욱 두렵게 만든다고
생각했다. 태어남이 당연한 것처럼, 떠남 또한 슬프지만 자
연스럽게 받아들여지길 원했다.

'슬픔을 일시불로 긁을 수 있을까?'라는 생각에서 이런
장례식을 생각해 봤다. 살아가는 내내 문득 보고 싶고 사
무치게 그립고 가슴 아픈 순간들이 찾아올 때, 그녀의 장
례식을 가끔 기억해 줬으면 좋겠다. 할부로 조금씩 조금씩
슬픔을 나눌 수 있다면 인생이 그리 고달프지만은 않을
것이다. 떠나는 순간이라도 누군가에게 잠깐의 위로의 시
간을 건네고 싶다.

"나를 사랑해 줘서, 기억해 줘서, 찾아와 줘서 고맙습니

다. 나도 당신께 잠깐이나마 멈춤의 순간을 선물해 주고
갑니다.”

원로 수필가 백지 별세

백지

30년 넘게 꾸준히 읽히며 여러 독자의 사랑을 받고 있는 에세이 『엄마별별일기』, 『별걸 다 고민해』의 저자 백지 씨가 지난 26일 별세했다.

고인은 고양시에서 일생을 보내면서도 자주 길을 잃었으며, 고질적인 허리 통증으로 운동을 시작한 이후 떡볶이와 닭가슴살, 치킨과 현미밥 사이에서 매끼 존재의 이유를 되물었다. 그 과정에서 탄생한 에세이집 『별걸 다 고민해』는 2030년 '다이어터가 가장 사랑한 에세이'에 선정되었으며, 고인이 그간 쓰고 그린 일상 드로잉과 그림책 또한 독자들로부터 꾸준한 사랑을 받았다.

고인은 평소 다정하고 느슨한 삶을 지향했으나, 글쓰기

와 그림책 짓기, 뜨개, 공부를 오가는 문어발식 삶으로 종내 바쁘게 살다 돌아가셨다고 고인의 아들들은 전했다. 유족으로는 남편 황 씨, 아들 지오, 지안 형제가 있다. 이들은 고인의 뜻을 받아 평소보다 더 자주 눕고 뒹굴거리며 서로 바라보는 시간을 가질 것을 영정 앞에 약속했다.

눈 위로 내리는 눈

 나다정

눈이 내리는 홋카이도에서 부고를 전합니다.

1년 전 남편과 사별한 고인은 작은 주택과 단출한 세간을 정리하고 홀로 출국한 것으로 확인되었습니다. 홋카이도의 미유키(深雪) 호텔에 묵으며, 매일 아침 7시에 자신의 룸으로 직접 찾아와 깨워 주기를 부탁하였다고 합니다. 그녀는 두터운 눈 위로 다시 눈이 쌓이는 장면을 오래도록 바라보았을 것입니다. 자신이 살아온 시간이 눈처럼 켜켜이 쌓여 아름다운 주름을 만들고 있는 것 같다고 생각했을지도 모를 일입니다. 그리고 닫힌 커튼 뒤로 하얀 눈이 밤새도록 내렸던 1월 11일 아침, 호텔 매니저에 의해 숨진 채 발견되었습니다. 당시 출동한 경찰은 타살이나 자살의 흔적을 찾지 못했고 그녀가 자연사한 것으로 결론지었습니다. 고인의 침대 옆에는 은퇴 후 삿포로로 이주해 작은 술집을 운영하고 있는 아들 부부의 연락처와 배낭 하나, 그리고 낡은 카메라가 놓여 있었다고 합니다.

일상 예술가 바비의 부고

차영경

일상 예술가 모과바비차 씨는 탱감자, 다정밤, 백지감, 수정고구마, 마리꽃과 함께 한국인이 가장 사랑하는 한국 소설가로 손꼽히는 인물이다. 험난한 출판 시장의 전쟁을 겪으면서 평화와 사랑이라는 메시지에 몰두해 모과 한 알씩을 전한 것으로 유명하다. 그리고 사랑을 상징하는 '모과'에 '자신답게 살자'라는 의미를 품은 '바비'를 붙인 '모과바비'가 그의 닉네임이 되었다.

그는 리스본에서의 처절한 전투 후 보이지 않는 심한 자책의 손가락질에 정신적 부상을 입은 상태로 집 근처 정발산에 칩거하며 이후 독립군으로 고립된 작품 활동을 해왔다. 그러다 세계적인 일상 예술가 단체 <너의 작업실>을 만난 후 큰 변화를 경험하게 된다. 울퉁불퉁한 날것으로 빛을 보지 못했던 그녀가 든든한 후원자들을 만나 자신을 얻었고, 그 시기 이후 작품의 도약이 이루어졌다.

겉모습만으로 결코 알 수 없었던 향기는 작업실 속 따뜻한 위로로 더 강한 힘을 얻었다. 그 발판으로 크게 성장하여 한국 소설 무대에 알려지게 되었다. 냉장인 소설가로뿐만 아니라 '나에게 다정필사' 모임장으로 활약하며 3만여 개의 종합 예술 작품을 남겼으며, 일상 예술가들이 자유롭고 자발적으로 삶의 열매를 무르익힐 경제적 토대 마련을 주 업무로 하는 '모과바비청'의 신설에 기여하기도 했다.

시대를 초월한 예술 전략으로 자신이 소멸한 이후에도 계속 자체 생산되는 복제 기술을 연구해 특허를 얻은 모과바비차의 정신은 지금까지 생명을 유지하고 있어 별세 시점은 특정할 수 없으며, 100년에 한 번씩 매체 기사로 그 긴 생명력을 구간 지어 대중에게 알려 오고 있다.

◆ 참고 : 모과바비차가 자라고 뿌리내린 정발산 모과바비차 생가와 <너의 작업실> 주변은 현재 세계문화재로 지정되어 독일 프랑크푸르트의 괴테 생가, 프랑스 지베르니의 모네의 정원과 더불어 세계 3대 문화 명소로 알려져 있다.

서로가 서로를 지켜 주기를

 탱

'친절한 매점 아줌마 같은 책방지기'가 되고 싶다는 마음으로 오랜 기간 동네 책방을 운영하던 탱씨가, 일산의 작은 주택에서 향년 81세로 별세했다. 남편 홍님과 최장수 고양이로 기네스북에 오른 달님, 그리고 밤톨이의 배웅을 받으며, 따뜻한 아랫목의 하얀 침구 위에서 평온히 눈을 감았다고 한다. 숨을 거두기 사흘 전까지도 텃밭을 가꾸고 사랑방에 손님을 초대하며 분주한 나날을 보냈으나, 알 수 없는 병세가 급격히 악화된 것으로 알려졌다.

탱씨는 일산 정발산동에서 책방을 운영하며 조금씩 이름을 알린 인물이다. 그는 권리금 폭리를 당하면서도 16년간 다닌 회사의 퇴직금 1억 4천만 원을 들어 책방을 열었다. 봄이면 창밖으로 벚꽃이 피고, 계절마다 옷을 갈아입는 창가의 나무를 바라볼 수 있다는 점이 마음에 들어 무작정 계약서에 도장을 찍었다고 한다. 밥값을 잘 내고, "인생에는 돈보다 중요한 가치가 많다"라고 설파했지만, 동시에 '자본의 냄새가 나는 서점'을 꿈꾸며 입만 열면 통장 잔고를 걱정하던 모순적인 인물이기도 했다.

또한 그는 순간순간 무심코 내뱉은 말들을, 편협했던 생각과 행동들을 후회하고 반성하는 데 많은 에너지를 썼다고 한다. 그 마음을 담아낸『반성 전문가』, 그리고 서점계의 현실을 적나라하게 드러낸『책방 주인의 은밀하지 않은 주머니 사정』까지 두 권의 저서를 펴냈다. 완전 도서정가제를 강력히 주장하기도 했으며, 15평 규모의 <너의 작업실>을 4년간 운영하다가 바람대로 40평으로 확장했다. 모든 것이 허술했음에도 불구하고, 그의 책방은 전국적으로 많은 사랑을 받은 미스터리한 공간으로 지금도 40년째 전통을 이어오고 있다.

<너의 작업실>이 문을 연 지 10년째, 탱씨가 마흔여섯이 되던 해 그는 홍님과 함께 돌연 세계여행을 떠났다. 밤가시마을을 떠날 당시, 그는 "손님들에게서 아끼는 공간을 빼앗을 수 없다"라며 책방을 그대로 남겨 두었다. 탱씨가

사랑으로 허술하게 가꾼 공간은 문인을 비롯한 수많은 예술인이 거쳐 갔고, 그와 오랜 시간 글을 써온 친구들은 <너의 작업실> 소속 작가로 활동하며 이름을 알렸다. 이들은 현재 탱씨가 남긴 책방 운영의 주요 사항을 함께 결정하는 기구의 일원이 되어 있다.

책방의 단골이던 혜남세아 작가는 장례식장에서 이렇게 말했다. "오지랖이 지나치게 넓고 말솜씨는 부족했지만, 많은 이들이 알 수 없는 이유로 그를 사랑했습니다. 정작 본인은 죽기 전까지도 그 사실을 몰랐다는 점이 안타까울 뿐입니다."

한편 탱씨는 생전에 다음과 같은 유서를 남겼다.

가족이라곤 유일하게 저뿐이었던 홍님을 잘 돌봐 주세요. 생전에도 제가 먼저 떠나 혼자 남을까 걱정이 많던 사람입니다. 어릴 적부터 혼자 살아 강한 척하지만, 마음이 여리고 착한 사람이니 자주 만나고 안부를 물어 주세요. 착한 여자가 있다면 소개해 주셔도 괜찮습니다. 단, 얼굴이 예쁜 분은 곤란합니다. 꼭 마음이 예쁜 분으로 소개해 주세요. 있는 그대로의 저를 온전히 사랑해 준 홍님, 고마웠습니다. 당신을 두고 먼저 가는 것 정말 미안합니다.

즐거운 일도 많았지만, 인생은 곤란한 일의 연속이었습니다. 그 곤란함 속에서도 자신을 포기하지 않고 살아갈 수 있었던 건, 저를 아는 모든 분들의 보살핌과 관용 덕분이었습니다. 제 인생의 친구들, 책방 친구들, 부족한 저를 친구로 삼아 주셔서 고마웠습니다. 여러분 덕분에 하고 싶은 일 다 해보고, 잘 살다 갑니다. 제가 당신 덕분에 그러하였듯 당신의 삶이 덜 외롭기를, 우리가 끝내 서로를 지켜 주기를 바라며 생의 마지막 글을 마칩니다.

나의 서랍 속 부고문

 따뜻한 마들렌

일기를 쓰듯 부고를 씁니다.
오늘이 바로 그날일지도 모른다 생각하며
하루하루를 보내 왔어요.
별일 없는 일상을 살아가다 갑자기 찾아오는
이별의 순간을 만나게 된다면,
서랍 어딘가에 잘 넣어 둔 나의 부고문을
누군가 꺼내 볼 거라고 생각합니다.

열심히 살았어요.
조금씩 여유도 놓치지 않았지요.
사랑했어요, 가족들과 책, 친구들을.

마음을 다했죠, 부모님과 아픈 아이 돌보는 일.

손길 닿는 소품을 정성껏 매만져요.

그리고 보내 주어요, 누군가에게.

작은 창작인들에게 공간을 열어 주고 응원하고 싶었어요.

그렇게 했죠.

느리지만 따뜻한 사람,

마들렌의 생이 끝났습니다.

오셔서 손길 닿은 것들 나누어 가세요.

모두, 고마웠습니다.

자신의 죽음을 알리는 부고문을
아래에 적어 보세요.

3부

마무리하는 소설 한 편

울음 영역

 오정민

"저런 것도 복이라면 복일까?"

놀라서 눈이 커진 현주를 보면서도 재련은 말을 멈추지 않았다. 도리어 목소리를 높였다.

"복 아니면 뭐야? 나도 죽으려면 저렇게 죽고 싶어."

상 정리로 분주하던 정희가 결국 재련을 나무랐다.

"상갓집에서 별소릴 다 해. 만복으로 살다 죽은 노인한테도 호상이란 말은 상스러워. 게다가 쟤는 요새 기준으론 요절이라고, 요절. 네 팽팽한 얼굴을 좀 들여다봐라. 어디 내일 당장 죽을 얼굴인지."

그러더니 얼른 재련 앞에 놓인 종이컵부터 치웠다.

"얘, 그거 물이야, 물. 나 진짜 저렇게 죽고 싶다."

가볍게 항변하던 재련은 이내 정말 부러워 죽을 것 같은 표정으로 허공을 바라보았다. 장례식장은 돌연 적막했으며 재련은 방금 독백을 마친 무대 위 배우 같았다. 대사를 마치고 먼 데 어딘가를 보는 연기를 하는. 동작이 좀처럼 끝나지 않아 '저기에 뭐가 있나?' 싶어 쳐다보면 아무것도 없는.

장례식장에는 우는 친구가 아무도 없었다. 영정 사진을 보고 왈칵 눈물이 나오긴 했지만 손수건을 꺼낼 정도는 아니었다. 친구는 고사하고 장례식장에는 우는 가족도 없었다. 식구가 유난히 허룩한 것도 아니었다. 남편과 장성한 아이들이 있었지만 그중에 우는 사람은 없었다. 손에서 스마트폰을 놓지 않는 아이들은 줄곧 피곤한 얼굴이었다. 그도 그럴 것이 저 애들은 어디 먼 외국에 나가 산다고 했던가. 멀리 와서 또 멀리 가야 한다. 어쩌면 저승보다 더 복잡한 경로로. 남편은 남편대로 워낙 점잖기로 유명한 사람이니 부인상에 엉엉 울 리 만무했다. '아무리 그래도…' 이미 실컷 울고 지친 건가 싶어 보면 식구들 얼굴에 아무런 그늘이 없어 도리어 머쓱해졌다. 이렇게 우는 사람 하나 없이 다 같이 모여 있으니 꼭 은행 같았다. 들어오는 순서대로 창구에 가서 망자의 쓸쓸한 얼굴과 마주하다 뒤돌아가는.

"아무도 울지 않았으면 좋겠어. 나 같은 거 하나 세상에서 떨어져 나가도." 재련이 말했다. 앞에는 어느새 종이컵이 다시 놓여 있었다.

"유리에 붙은 스티커 알지? 깨끗하게 떼어내기가 여간 힘든 게 아니야. 오래 붙었던 걸수록 더 독해. 그런데 물파스를 바르고 빡빡 문지르면 말끔하게 사라져 버리거든?"

'거든?' 하고 말끝을 올린 재련이 보란 듯이 휴지를 상에 대고 지우는 시늉을 했다. 상을 덮은 비닐이 움직여 컵이 엎어졌고, 쏟아진 액체가 또르르 상 아래로 흘렀다. 검은 바지에 떨어진 건 아무런 흔적이 없었다. 재련은 닦는 걸 멈추지 않았다. 정말로 눈가에 물파스라도 바른 듯 얼굴을 잔뜩 찡그린 채로. 그러나 울음의 범위는 거기까지. 남은 대사가 눈물 없이 이어졌다.

"누구에게도 자국을 남기지 않고 흔적 하나 없이 지워지는 거. 그렇게 죽고 싶은 거야. 나도." 그동안에도 우는 사람은 더 없었다. 재련의 대각선에 앉은 주희가 "쟤 저거 물 아니야. 저거 분명 술이야" 하니 멀리 떨어져 앉은 동은이 "냅둬. 어차피 우리뿐인데 뭐 어때" 하고 대꾸했다. 그러자

몇몇이 다리를 풀고 겉옷을 벗고 소주를 채웠다.

"우는 사람 없다고 슬프지 않은 건 아니지. 나도 20년 전에 우리 아버지 돌아가셨을 때 저 애들처럼 울지를 못했어. 그런데 이제는 아버지 생각만 해도 눈물이 막 나. 나만 그런 거 아닐걸? 쟤는 고생을 모르고 살아서 저러는 거지. 희로애락이 무슨 스위치인 줄 아는 거야. 단순한 것."

정희의 말이 끝나자 소주와 눈물을 삼키는 소리가 대답처럼 이어졌다.

"그런데 쟤는 참 우리 말고는 아는 사람도 없었나 봐."

아는 사람이 별로 없던 망자는 병으로 죽었다. 죽을병이라는 진단을 받자마자 석 달을 못 채우고 금세 죽었다. 식구들 큰 고생 없이. 망자는 전업 주부로 가정에서 근무하며 성실히 늙어 갔다. 아이들이 다 자라서 독립을 하자 자연스레 퇴직자가 되었고 그즈음 부부 사이에도 변화가 생겼다. 망자의 하루는 느리고 길었지만 남편은 여전히 한창이었다. 다행이라는 생각도 잠시, 혼자서만 바쁜 남편이 곧 싫어졌다. 한번 마음을 먹으니 남편이 양말로 보였다. 종일 신고 다니다가 훌렁 벗어 구석에 밀어 둔, 급한 김에 다시 신고 나면 조금 소름이 돋는 후줄근한 양말. 미움 때

문인가. 양말은 전에 없이 자주 집을 비웠다. 마치 끈이 풀린 강아지 같았는데 '그동안 누가 억지로 묶어 놨나?' 주인도 아닌 망자는 배신감을 느꼈다. 그러나 그런 기분도 금세 사라졌다. 남편에 대한 마음은 좋은 거든 나쁜 거든 붙잡고 있기가 힘들었다. 애쓰지 않았기 때문에. 이를테면 남편이 좋아하는 반찬을 만든다든가 계절마다 남편의 옷가지를 정리해 준다든가. 그런 일은 이제 망자의 범위가 아니었다.

남편은 볼 때마다 조금씩 새로워졌다. 연애를 하는 거처럼 보였고 실제로 그러했다. 여자 친구는 망자도 아는 사람이었는데 가만히 떠올려 보니 꽤 잘 어울리는 커플이었다. 새로워진 남편에 대한 감상은 그뿐, 화도 질투도 나지 않았고 도무지 억울해 못 살겠다는 기분 같은 것도 들지 않았다. 노상 돌보던 아이들은 모두 멀리 있고 손은커녕 마음을 쭉 뻗어도 잡히지 않은 지 오래였다. 참 다행이었다. 할 일이 끝났고 거둘 마음도 없었다. 망자는 자유를 느꼈다. 박제하고 싶을 만큼 애틋한 자유였다. 그럴 수만 있다면 자유 속에 갇히고 싶었다.

그 당시 망자는 자유라는 말을 자주 썼다. "행복해" 대신에 "자유로워"라고. 병을 진단받은 것도 그즈음이었고

죽음이 어쩌면 자유의 연장이 될 수도 있지 않을까 기대가
되었다. 어떻게든 살 생각을 하기보단 죽음 이후의 무엇
을 동경했다. 이런 불온한 마음을 털어놓을 수 있었다면.
그러나 없었다. 구석을 뒤져 봐도 양말 한 짝 보이지 않
았다. 그 어느 때보다도 낙관적인 상황이 이어지고 있었던
것이다.

"싫어!"

재련이 갑자기 소리를 질렀고 재련의 종이컵에 든 걸 물
이라고 생각하는 사람은 이제 아무도 없었다.

"난 저렇게는 못 죽어. 세상에 엎질러지면 그뿐이지. 흔
적 없이 돌이킬 수 있는 게 대체 뭐가 있다고. 하느님도 그
걸 못해서 죽은 사람을 데려가면서 산 사람 가슴에는 상
처를 내잖아! 마음을 파내고 딱지로 덮어 버리잖아, 무덤
처럼! 그러니까 얘들아, 너네는 말이야. 내가 죽으면 꼭 울
어 줘. 알았어? 장례식장이 떠나가도록 울어 달란 말이야.
내가 이 세상에서 떨어져 나가는데 어떻게 이럴 수가 있니?
식장이, 아니지, 지구가! 떠나가도록! 통곡하란 말이야."

재련은 비틀거리면서 망자에게 가 향을 올리더니 주저앉
아 울었다. 아이고아이고 제법 구성진 목청이 나왔지만 지

구가 떠나가려면 어림도 없어 다들 몰려가 힘을 보탰다. 딸도 아들도 이제는 별수 없는지 울었다. 지구가 조금 흔들렸다. 망자의 남편이 넘어져 주저앉았다. 지구가 한 번 더 기우뚱- 남편은 곧 뒹굴며 울었다. 남편의 눈물에 눈이 시려 조금만 더 하면 지구가 떠나갈 것도 같았는데 그는 자꾸 특이한 이름을 외치며 울었다. 평소 부르던 망자의 이름과는 사뭇 달랐으며 강아지의 이름인가 싶어 유심히 들어 보니 아마도 오래전부터 그가 부르던 망자의 애칭인 듯싶었다.

우리의 장례희망,
마음껏 사랑하겠다는 약속

누군가가 읽기와 쓰기 중 어느 것이 좋으냐고 묻는다면, 백번이면 백번 모두 읽기라고 답하겠습니다. 서걱서걱 연필로 줄을 그으며 책을 읽는 것으로도 충분히 좋았습니다. 나의 이야기를 글로 써보고 싶다는 생각은 하지 못했던 것 같습니다. 그런 제가 <너의 작업실>에서 만난 책방 친구들과 함께 글을 쓰며 두 해를 보냈습니다.

아무것도 모르는 초심자에게 글쓰기는 두렵고 지난한 일이었습니다. 스스로를 자세히 들여다보아야 했지요. 그 안의 상처를 드러내는 일은 어렵고 아프기도 했습니다. 하지만 많은 것이 변했습니다. 매일 글을 쓰는 우리들의 마음과 시간이 점점 좋은 쪽으로 흘러가고 있음을 느낍니다.

노란 은행잎이 이불처럼 쌓이던 어느 가을은 조금 특별했던 기억으로 남아 있습니다. 그때 우리는 죽음에 대한 글을 썼습니다. 죽음의 경위를 밝히는 부고문을 만들고 언제일지 모를 장례식의 초대장을 띄웠지요. 쉽지 않은 일이었습니다. 신나는 음악을 고르고 즐겁게 머물러 달라고 부탁했지만, 죽는다는 것은 사실 그리 간단하지 않았어요. 우리는 모두 자신의 죽음에 대해 오래 생각했을 것입니다. 글을 쓰는 내내 하염없이 눈물을 흘렸을지도 몰라요.

그러다가 알게 되었습니다. 죽음을 이야기하는 일은 결국 삶에 대해 이야기하는 것임을 말이죠. 어떻게 죽고 싶은지는 어떻게 살고 싶은가와 연결되어 있었습니다. 이 책에는 그토록 바랐던 삶에 대한 아쉬움이 담겼습니다. 고마웠다는 인사와 다시 만나자는 약속이 실렸습니다. 남은 이들에게 전하는 당부와 부탁도 잊히지 않았습니다. 마음껏 사랑하지 못했다는 미안함이 가장 또렷하게 적혔습니다.

저 역시 한 사람의 독자로서 귀한 글을 내어 준 책방 친구들에게 고마움을 전합니다. 조금 서툴더라도 세상에 쉬이 쓰인 글은 아마 없을 거예요. 자신의 글이 너무 무겁거나 가볍지는 않은지 거듭 고민하고 여러 번 바꾸어 썼다는 사실을 서로가 잘 알고 있습니다.

우리 중 누구도 죽음을 온전히 이해할 수 없습니다. 그리고 우리는 어느 순간에도 혼자가 아닙니다. 죽음을 삶의 일부분으로 받아들이기는 쉽지 않지만, 이 책이 그것을 가능하게 하는 사소한 용기가 된다면 좋겠습니다.

생명을 가진 모두의 죽음이 외롭지 않기를, 다만 다정하고 따뜻하기를 바랍니다.

글쓴이들을 대신하여

나다정

슬퍼할 필요도 이유도 없다.

슬픔은 이럴 때 쓰는 것이 아니다.

- 김진영, 『아침의 피아노』, 14쪽

언젠가 다다를 삶의 마지막 장면을
떠올려 본 적이 있나요

장례희망

초판 1쇄	2026년 1월 16일
지은이	너의 작업실 김수정 꽃마리 나다정 동틀 드므 따뜻한 마들렌 박신애 백미애 백지 봄날 솔 오정민 이윤정 차영경 콩 탱 푸징 혜남세아
편집	김태영
교정 · 교열	박태하
디자인	지유정
마케팅	김지명
펴낸이	옥미향
펴낸곳	도서출판 북심
등록	제2023-000031호(2023년 2월 13일)
이메일	book_sim@daum.net
인스타그램	@book_sim
ISBN	979-11-984157-4-5(03810)